養老先生のさかさま人間学

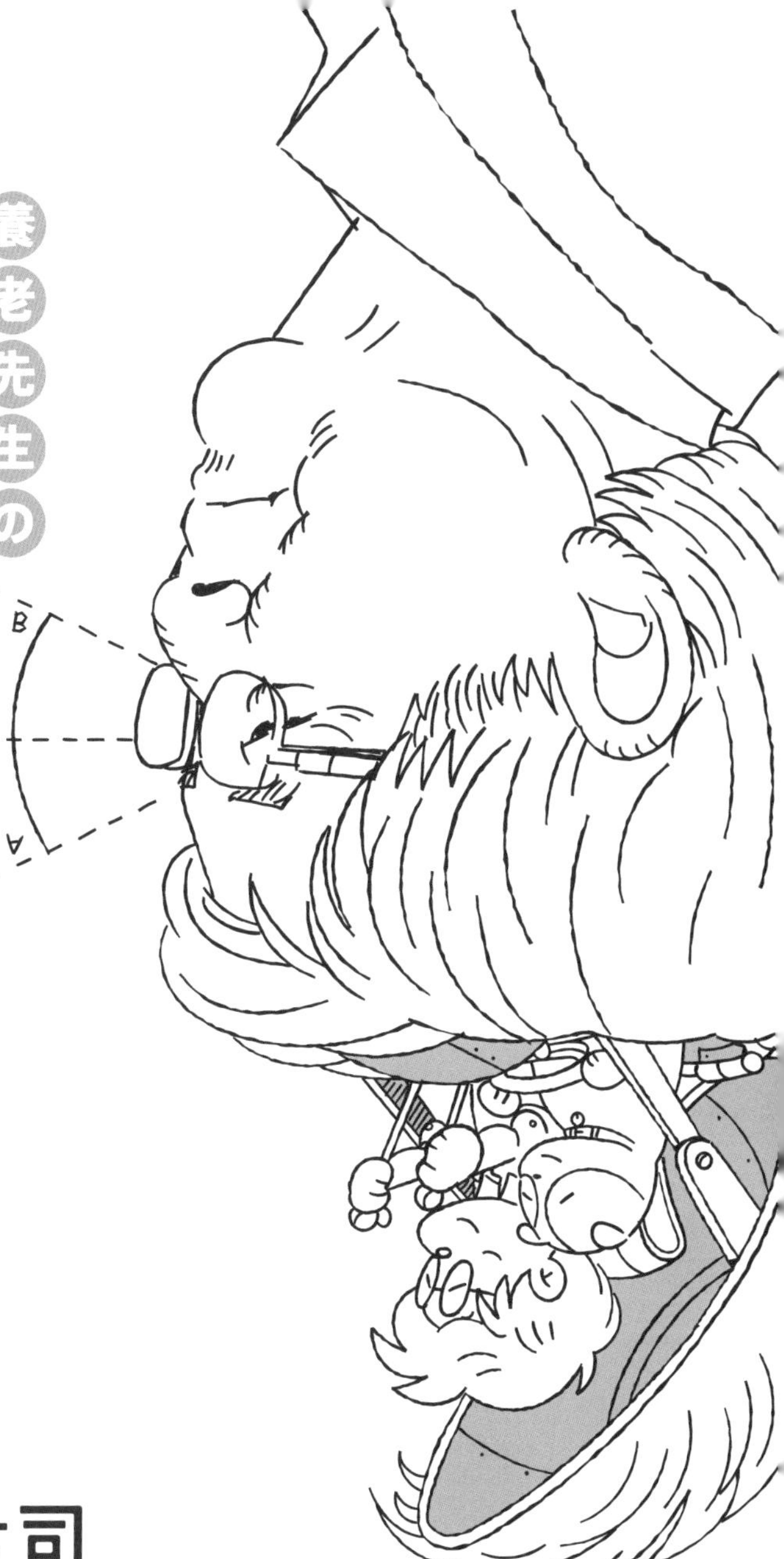

養老孟司

イラスト さとうまなぶ

はじめに

「さかさま人間学」は共同通信文化部の大津薫君に依頼されて、新聞に連載するようにほぼ10年前から書き始めた文章である。毎回、何か適当な漢字を一つ選んで、それについて、自由に思うことを書く。そういう趣旨だった。それをずっと続けることができたのは、忘れずに催促してくれる大津君の律義さとともに、細かい注意と上手な褒め方にのせられたことも大きい。選ばれた字をヒントにものを考えるのが自分なりの楽しみだったこともあるし、さとうまなぶさんのイラストが楽しみに加わったということもある。飼い猫のまるが登場するおかげで、とげとげしくならず気持ちが和んだ。

対象は小中学校の生徒というつもりだったが、途中で少し難しくなることがあって、大人から感想を言われることもあった。新聞という媒体そのものが子ども向きとは思われていない可能性があろう。なぜ「さかさま」かというと、私が若い時からへそ曲がりだからである。普通の考えの逆をいう癖があって、数学でいうなら、対偶をとることが多い。対偶は高校程度の数学で出てくる概念である。というふうに表現が難しくなってしまうので、子ども向きではないといわれてしまう。
内容については長期にわたるので詳細は自分でも覚えていない。きっと恥ずかしいことも、いいなと思うこともあるだろうけれども、書いたものはいつまでも残ってしまうという宿命があるので、今更どうしようもない。昔の人なら、和歌なり俳句なりを詠んで、1回分を済ませたのではないかと思う。残念ながら私にはその才能も修練も欠けている。

養老 孟司

目次

第2章 生きるために学ぶ

世間で無事に生きるというのは、難しいことなんですよ

第3章 自然に目を向ける

生き物は答えです。35億年を生き延びてくるためにどれだけのことをしてきたか。その答えが今、生きているんです

第4章 科学の視点を持つ

「当たり前じゃないか」などと言わないで、あれこれ考える。
面白いと思いませんか

第6章 不確実な時代をどう生きるか

世界が変わるのではありません。
自分が変わると、世界が違って見えるのです

1. 読み方

【お題の漢字】

養老先生が漢字1文字をお題にして、世の中の出来事を独自の視点で語ります。一つのお話は、見開きの2ページで読み切れるようになっています。興味のあるところからお好きなように読んでください

2. 登場人物紹介

養老先生

解剖学者、東大名誉教授
三度の飯より虫とりが大好き
ものごとをさかさまに見るのが得意

まる

養老先生の愛猫
2002年ごろに生まれたらしい
大好物はマヨネーズ、特技はどすこい座り

本書の読み方

「ネット」と「読書」

本はたぶん毎日、何か読んでいます。癖になっているんです。本がないと落ち着きません。逆に本があれば、待たされても大丈夫です。

本を読むのは小さい時からの癖です。歩きながら読んで、危ない目に遭ったこともあります。電車の中が一番いいですね。他にすることもないでしょう。

でも今の若者なら、本を読むのではなくて、スマートフォンを使うんでしょうね。本もスマホも似たような物だと思います。

26

ただし本は大抵、一つの筋を追いますが、スマホ、つまりインターネットは、使っているうちに、主題があちこちにいってしまいます。これは大きな違いかもしれ

ドョ〜ン
どうした、まる！猫背になってるぞ
…
なんだよつれないなあ
コレですよ。コレ！ボクのニャーチューブチャンネル！
えーっ!!猫がスマホ持ってるのー!!
そこじゃないから
つーかこの手でタップできるの？
ムニ
そこでもない！
え？猫だよね？
つまんねえよ！
まる過ぎだろ！
動けや！
太り過ぎ！
やめちまえ！
このコメント見てくださいよ
ボクのニャーチューブチャンネルにこんなひどいコメント！
なんだそんなこと？

まるは「対人の世界」ばかり見てるからだよ
タイ人？
「鯛人」じゃなくて「対人」！つまり、人からどう見られているか人とどう付き合うかそんなことばかり気にしてるってこと
ジー
ジー
ジー
対してボクは「対物の世界」虫ばかり追いかけているでしょ
そのかわり人がなんて言おうが気にしない！
虫とり以外やることないのかしら
立派な人だったのにねえ
今の若い人たちにこういう世界があることを知ってほしいんだよ
なるほどニャー
ね。新しい視点で物を見ると世界が広がるでしょ
スマホばかり見てないでまずいろんなことを自分の頭で考えてみる
それが大事なんです
よーし ボクも考えるぞー！

せんせい見て見て！
いいねがいっぱい
ん？
猫が虫とりに行ってみた
チャンネル登録してね
猫が虫とりに行ってみた!
7万回視聴・5日前
7782
359
チャット
ね！考えたでしょ
さあて、次は何の動画撮ろうかな♡
分かっとらんね
ヌ

第1章

自分の頭で考える

「考えないと楽だけど、
楽をすると後で損をしますよ」

答えが出るまで我慢する

私が子どものころはまだ戦争中で、耐えること、我慢することは大切なことだと教わりました。

忍耐の「忍」も「耐」も、どちらも我慢するという意味ですが、忍は忍者という言葉があるように「人に悟られないように」という意味を持ちます。我慢しているのを気付かれないように我慢するのが忍で、耐は我慢が周囲に分かってしまってもいいわけです。

「痛い、痛い」と騒いで我慢するなら「耐える」ですが、何も言わないでじっと我慢するのは「忍ぶ」でしょうね。

私の子ども時代は、忍の方でした。痛い思いをしても、騒がず、まさしく「じっと我慢の子」でした。

今はずいぶん違うみたいですね。素直に「痛い」「苦しい」と言った方がいい、ということになっています。そうしないと周りの人に状況が分からないからです。

今は忍ぶではなく、耐える方に変わったんですね。忍ぶのか、耐えるのか。私は両方の時代を知っていますから、どちらがいいとは言いません。どちらもそれぞれ善しあしがあります。年を取ると、そう思うようになります。どちらの時代も、人はきちんと生き延びてきました。

若いうちは「右か左か、はっきり決めてくれた方がいい」と思いがちです。正しいのか、正しくないのか。それが決まっていたら楽かもしれません。でも、決まらないで悩んだ方が、かえって学ぶことも多いのです。

なぜなら、決まっていないと、自分で考えるしかありませんからね。答えが出るまで我慢することになりますが、そこはまさしく忍耐です。

実は、それが大切なんですよ。

面倒くさいと向き合う

以前から疑問でしたが草と木は、どう違うのでしょう。幹や茎が緑だと草。茶色だと木。細いと草、太いと木。では竹はどっち？　どっちでもないから、竹と呼ぶんですかね？

草も木も私たちは分かったつもりでいますけど、きちんと考えようとすると、たちまち分かからなくなる。チョウとガもそうです。羽を開いてとまるのはガ。閉じてとまるのはチョウ。でも開いてとまるチョウもいる。昼間飛ぶガもいる。分類学では、区

分する境目はないそうです。

では好き嫌いで考えましょうか。草と木とではどっちが好きですか? 暑い日にさんざん外で草むしりをやらされたから草は嫌い。木陰に入ったら涼しかった。だから木は好き。

人は、自然を自分の都合で見ることが多いんですね。草は、自分で草になろうと思ったわけではないでしょう。仕方なく草になっているんです。

トマトの水耕栽培というのがあります。根を水に入れて育てるわけです。もちろん水の中には十分な養分をあたえます。トマトはどんどん育ち、木みたいになります。だから草か木かといっても、環境次第かもしれませんね。

でもやっぱり竹は竹でしょう。そうです。それは決まっているんですね。それを決めるのが遺伝子で、竹にもいろいろある。その違いは遺伝子と環境によります。

どれが大切かって、それは決められません。決まっていない話は面倒くさいですね。嫌だ。でも、そう思ってしまうと、もはや考えなくなります。考えないと楽ですが、楽をすると後で損をしますよ。

自分のモノサシを持つ

体にはいろいろな働きがあります。食べ物を消化して肉体をつくる。あるいはエネルギーにする。外から入ってきた細菌を殺す。薬局でもらう薬は、そういう働きを助けたり、強めたりします。

その反対が、毒です。体の良い働きを弱めたり、止めたりします。今は安全を重視する社会ですから、毒性のある薬品などは、簡単には手に入らないようになっています。私が子どものころは、採集した昆虫をシアン化カリウム（青酸カリ）で殺すこともありました。今では考えられないことですが、当時は子どもでも、手に入りやすかったのですね。

生物には、毒のあるものがいくつもあります。身を守ったり獲物を殺したりするためです。マムシのような毒蛇が典型ですね。

ところで「毒にも薬にもならない」という言葉を聞いたことがありませんか。

毒も薬も、体の働きに関係します。良くも悪くもないなら、要するに「働きがない」わけですから、意味がないというわけです。

この言葉の反対を考えると、体の働きに関係する物は「毒にも薬にもなる」ということです。使い方や量、その人の体の状態によって、良い効果か悪い効果か、変わってきます。

私たちは普段から良い悪いの判断をしていますね。例えば「運動は体に良い」、でも、やり過ぎれば「運動は体に毒」というように。

薬でも運動でも、それが良いか悪いかを判断するときには、必ずモノサシ（基準）が必要です。そして、そこはきちんと考えて決めなければいけません。これは難しいけれど、とても大切なことなんです。

「優しい」と「厳しい」

「寛」はいい字ですね。寛容とか、寛大とか、何か失敗しても許してもらえそうです。だから寛容である当人よりは周囲の人が救われる字です。

「厳」はその逆です。でも学校で厳しかった先生は後で懐かしくなることがあります。その方が多いかもしれません。厳しく叱られると、後々まで覚えていて、教訓になります。でも寛大に扱われると、そのときに「ああ儲かった」と思うだけで、そのままになってしまいませんか。それだと自分の悪いところが直らない。長い目で見る

と教育は厳しい方が良いかもしれません。

厳しく教育されると、後が楽だということもあります。あの厳しさに比べたら、このくらい何でもないや。そう思えることが増えるからです。

私の子ども時代は大変といえば大変でした。食糧難だったし、冷暖房もありません。冬中半ズボンでした。大変だったから、その分、今は平気かというと、そうでもないんですね。やっぱり寒いときは寒いのです。今は半ズボンでいたりしたら、風邪をひいて死んでしまうかもしれません。若いうちは元気で、年を取ったら元気ではなくなる。それだけのことかもしれませんね。

「寛」と「厳」のように、一見反対の意味を持つ言葉はたくさんあります。そのどちらが良いとか悪いとか、そういうことは実はないんです。二つを合わせて一つ。それが本当と思います。どちらも現にあるし、これからもあるでしょうね。

今は、そう考える人は少ないかもしれません。面倒だから、ついどちらかにしてしまう。それが普通？　でも、そこはよく考えてくださいね。

「ネット」と「読書」

本はたぶん毎日、何か読んでいます。癖になっているんです。本がないと落ち着きません。逆に本があれば、待たされても大丈夫です。

本を読むのは小さい時からの癖です。歩きながら読んで、危ない目に遭ったこともあります。電車の中が一番いいですね。他にすることもないでしょう。

でも今の若者なら、本を読むのではなくて、スマートフォンを使うんでしょうね。本もスマホも似たような物だと思います。

ただし本は大抵、一つの筋を追いますが、スマホ、つまりインターネットは、使っているうちに、主題があちこちにいってしまいます。これは大きな違いかもしれません。

脳を調べると、ネットは大脳を広く使いますが、読書は大脳の一部を限定して使うようです。

どちらが良いとか、悪いとか、それは簡単にはいえません。何事もそうですが「良い」「悪い」はそれを測るモノサシによります。こっちのモノサシで測れば良いことでも、あっちのモノサシなら悪い。それはよくあるでしょ。

読書は良いことだ。そう思って試験の前日に面白い小説なんか、うっかり読み始めてしまう。おかげで勉強の時間がなくなって、試験は惨敗。

本では覚えられない。そういうことも、たくさんあります。それなら実際に練習するしかない。運動がそうですね。私はスキー場でスキーの本を読んでいて、みんなに笑われました。本を読んでもスキーは上手にならないよ。そう言われてしまいました。何でもそうですが、それでできることと、できないことがあるんですよ。

ネットや本から学べないこと

私は医者になる教育を受けました。人の病気や傷を診察し、治療する技術、つまり「医術」を学んだわけです。

西洋の医術を学ぶ上で、重要な人がいます。ヒポクラテスです。

ヒポクラテス全集という書物を残しています。古い書物ですから、その全てをヒポクラテスが書いたわけではないといわれていますが、ともあれ、西洋の医術の古典になっています。

特に医者の倫理を記した部分は、今でもよく引用されます。医学がどこまで進歩したとしても、倫理はそう簡単に変わりませんから。

ヒポクラテスが言ったとされる「生命は短く、術は永遠である」（あるいは「人生は短く、術のみちは長い」）という有名な一節があります。

「術」は「手の技」という意味で、「体で覚えたこと」「身につけたこと」と、考えてもいいと思います。「医術は体で覚えるもので、それを学ぶには時間がかかる。でも人生は短いですよ」。そう言っているのです。

漢文でいうなら、「少年老いやすく、学成り難し」ということですね。「一寸の光陰、軽んずべからず」と続きます。

「あっという間に年を取ってしまいますよ、でも、学問の道は遠くて長いのです、だから少しの時間も無駄に過ごしてはいけません」。そういう意味です。

私がここで言いたいのは、時間ではなく、むしろ技の大切さです。技は体で学ぶもの。ただの知識や言葉よりも、時間がかかるものです。「何かを身につける」。これは書物やインターネットから得られるものではないのです。

「黒人」と「白人」

風邪をひくとよく「熱が出る」と言います。でもこれって、少し変な表現ですね。平熱というのがあって、誰でも体温があるんですからね。その体温が1度か2度高くなることを「熱が出る」というわけです。それまでなかった熱が急に「出てきた」のではなくて、平熱が少し高くなっただけです。

これに似たことは、感覚を表現するとき、実はよくあることです。つまり普通の状態からちょっとずれると、急に大きな変化が起こったように思うのです。肌色もそうです。平熱に相当する色とは何でしょうか。いつも見ているので、特に色だとは感じていない色。はて、何でしょうか。

肌色です。ただ肌色とは、赤や青のような、色そのものに付けられた名前ではありません。肌色が色の名前なら、トマト色とか、リンゴ色があってもいいわけです。だから極端にいうと、肌色は無色といい換えていいのです。「平熱」と同

じです。

黒い背景の前に立っている、赤と白のだんだら模様のシャツを着て、緑のズボンを履いた人の写真を見せて、この写真にある色の数は、いくつでしょうかと質問をすると、ほとんどの人が、顔の色を数え落とします。つまり顔色は、色だと思っていないということですよね。

人は顔の色を年中見ています。だからそれがわずかでも違うと、ものすごく違うように思うのです。「黒人」は「黒い」のではなく、「白人」は「白い」のではありません。肌の色が濃いか薄いかだけです。熱が出たというのと同じように、それを「黒い」「白い」と思ってしまうのです。

「右の意見」と「左の意見」

「庸」という文字は普段、あまり使いませんね。「凡庸」は平凡、取り立てていうほど秀でた能力がないこと。「庸人」は平凡な人、「庸医」なら並の医者、名医ではありません。良い意味の言葉が少ないから、あまり見ないのでしょうか。

良い意味で使う「中庸」という言葉がありますが、聞いたことがありますか。「偏りがないこと」という意味の言葉ですが、昔の中国の書物「四書」の中に、これと同じ名前の書があります。

四書は儒教について教える四つの古典「論語」「孟子《もうし》」「大学」「中庸」のことです。

実は私の名前「孟司《たけし》」は孟子から取ったものです。「孟子」だと「子」が付くから女性と間違えられるかもしれないので、父親が「孟司」にしたそうです。

さて、中庸とは、例えば政治なら右でも左でもない、中間という意味。それが大切ということですが、右の意見と左の意見があったらちょうど真ん中を取ってそれでよし、という単純な問題でもありません。もう少し、じっくり考えるべき言葉だと思います。

自然科学で考えると、少し分かりやすくなるかもしれません。医学でいえば、生命を保つ上で、両極端で成り立つことなら、その間のどこでも成り立つということです。

熱が出て体温が高くなれば脈は速くなり、低ければ遅くなりますが、心臓は動いています。脈がいつもより速めであっても遅めであっても、体温がいつもより高めであっても低めであっても、「それなり」に保たれていればそれでいい。それが、医学での中庸です。

中庸とは何か。皆さんも、しっかり考えてみてくださいね。

「東洋の情」と「西洋の理」

「情」という文字は、良い意味で使うことが多いと思います。友情とか旅情、情熱、情感などなど。これは日本というか、東洋文化の特徴かもしれません。

「情理を尽くす」という言葉がありま す。相手の気持ちを考え、さらに理に適うようにすることです。情が理より先にくるんですね。日本語は感から情、つまり感覚から心へと向かう言葉が多い気がしませんか。

反対に、西洋では理の方を重くみるよ

うな気がする。実際、英語には、感情に関する言葉が少ないように思えます。

様子を伝える日本語の中で、雨がふるときに使う「しとしと」はどうでしょう。何となく、情がこもっているように感じます。「雨がしとしとふる」をぴったりの英語に訳せといってもちょっと無理のような気がします。私は英語に詳しいわけでもないので、専門家の意見を聞いてみたいですが。

もちろん日本語もいろいろです。今、私の目の前に飼い猫のまるがいますが、猫を指す「ニャンニャン」はどうか。「しとしと」みたいに、同じ音を繰り返す表現ですが、こちらは鳴き声をまねているだけで人の情が入っていないようです。「つくづく」はどうですか。私は情が入る気がします。英語が母語の人でも「つくづく思う」ことはあると思いますが、ぴったりの表現がありますかね。訳すには、ニュアンスのどこかを切り捨てていい換えるしかないかもしれません。

これはデジタル、つまりコンピューターの世界と似ています。デジタルに情感はない。いずれコンピューターが「しみじみ思う」ようになるんでしょうか。

流れを変えるか、流されるか

水は低い方に流れます。それが自然ですね。流れにまかせるとは、あれこれ、余計な手をかけないということです。なるようになる。それでいい、それで仕方がない。そういう態度です。

こういう考え方は、以前は東洋的などといわれました。アジアの人、特に仏教圏の人は、こういう考え方になじんでいるみたいですね。

自分で何かをしよう、流れを変えよう。そういういわば積極的な態度と、流れにまかせるというういわば消極的な態度、その二

つが人間の世界にはいつもあるようです。

医学の中にもそれがあります。病気なら治療するのが当然。これが現代では普通の考え方でしょう。でも「がんと闘うな」という本を書くお医者さんもいます。できるだけそっとしておく。そういう意見です。調べてみると、この二つの考え方は古くからあって、今でもあるのです。

若いうちは元気ですから、やっぱり何かしようと思うのが普通です。逆に年を取ると、あまり余計な手をかけずに、自然にまかせようと思う。まあ時と場合によって、どちらにするか、決めているのでしょうね。

ヒトは全てのことを考えているわけではありません。考えていないことが必ずあるわけです。そういうことは初めから自然にまかされています。それなら考えに入っていることについて積極的に何かしようと思うのは当然かもしれません。どうせ多くのことは自然のままなんですから。

私自身はもう年ですから、ほぼ流されるままです。頼まれたことがあれば、それをして、後は流れるまま。これも楽ですよ。

「経済成長」と「省エネ」

石油がないと車が動きません。それだけではありません。発電の半分以上は火力発電で、石油などの化石燃料を燃やしています。

古い話ですが、１９４１（昭和16）年、米国、英国、中国、オランダが一致して、日本への石油輸出を禁止しました。これで軍部が最後の暴走を始めたと私は思っています。当時、一番石油が必要だったのは軍でしたから。いくら立派な軍艦や飛行機があっても、燃料がなかったら動きません。

今では石油が切れると、普通の人も困ります。マイカーも農業機械も動きません。漁船も駄目です。だから普通の人も、いわば当時の軍部になりました。

そういう経緯があって、日本は原子力発電所を造ったのだと思います。あまり化石燃料だけに頼ると、もし化石燃料が買えない事情が生じると、困ってしまいます。それは戦争で懲りたというわけです。

もっと大切な問題があります。経済成長はエネルギーの消費と平行します。乱暴にいえば、経済が1%成長すると、エネルギー消費が1%増えます。

エネルギーをできるだけ使わないと、社会が今のままなら、景気が悪くなります。そうなると多くの人が困ってしまいます。だから本当の意味の省エネ社会をつくるのは簡単ではありません。

では、どうすればいいのか。考え方を変えることでしょうね。

エネルギーを使う仕事は人間がした仕事ではなくて、エネルギーがした仕事だ。そう考えると、本当に人間がしなければならないことが、なんとなく見えてこないでしょうか。大切なのは、優れた機械ではありません。立派な人なのです。

「ピカピカ」と「乱雑」

「雑」という文字には、あまり良いイメージがありません。「仕事が雑だ」なんて言いますからね。雑念、乱雑など、どれも良い意味を持つ言葉ではありません。

雑然としているというのは、整っていない、つまり秩序があるようには見えない、ということです。ここは注意が必要です。自分に見えていないだけなのか、本当にバラバラなのか。

部屋の掃除をして、物を置き換える

と「必要な物が見つからないじゃないか」と怒りだす人がいます。他人が見ると乱雑ですが、本人にとっては、ある程度の秩序があるんでしょうね。

私はあまりにも秩序だった世界は、好きではありません。

建物でも、できたてのビルなどには入りたくない。ピカピカして一見、きれいなんですが、何となく、疲れます。そもそも自分自身が既にくたびれた老人ですから、それがピカピカの世界を歩いていると思うと、似合いませんよねえ。古びた老人は、古びた建物から出てくるのがお似合いではないでしょうか。

雑草という言い方がありますが、実はそんな植物はありません。昭和天皇はよくそう言われたようです。植物学的に言うなら、全ての草には、きちんと名前があります。なければ新種です。「あんたが不勉強で草の名前を知らないだけでしょ?」。陛下はそういう乱暴な言葉は使われないので「雑草なんてありません」と、丁寧に言われたんでしょうね。

自然界では秩序が生じると、それと同じ量の無秩序がどこかに生じる、ということです。この話は難しいから、またの機会に。

ウンチ、オシッコ、ツバ

体から出る物の代表は、まず大小便、つまりウンチとオシッコ。これを出すことを排泄といいます。

暑いときにかく汗。さらに息。吐く息は、体から出ていくわけです。吸う息には酸素が多く、吐く息には二酸化炭素が多く含まれています。

まだありますよ。垢です。皮膚の表面は絶えず剥がれ落ちています。一緒に脂も出ます。

出るという感じがしないのに、出て

いっている物は髪の毛です。長くなったら切るでしょ。放っておけばどんどん長くなりますが、いずれは自然に抜けて出ていきます。髪の毛はいわば固くつながっている〝特殊な垢〟みたいな物です。爪も同じですね。

歯はどうでしょうか。子どもの時の乳歯はいずれ自然に抜けて、永久歯つまり大人の歯に入れ替わります。大人の歯だって、年を取るとだんだん抜けていきます。

ゾウの歯は普通、上下左右に1本ずつ、計4本の歯を使っていて、それがすり減ると、後から新しい歯が出てきます。これを6回繰り返すと、もう歯は出てきません。年を取ったゾウは、それで食べられなくなって死ぬといわれます。

体から出ていった物は汚いと感じるのが普通です。大小便がそうです。唾もそうですね。口の中にある唾は汚くないのに、いったん外に出すと、なぜ汚いんだろう。そう不思議に思ったことはありませんか。

ヒトは「自分の体はどこまでか」という境を決めています。そこから出た物は、自分ではなくなります。そうなった物を、特別に汚いと感じる癖があるようなのです。

「明るい」と「暗い」

暗いより、明るい方がいいですね。でも「暗い方が落ち着く」ということもあります。明暗は、実はどちらがいい、悪い、とかの問題ではないんです。

　ヒトは元々、明るさを好む動物です。夜は寝てしまいます。サルの仲間は普通昼間に活動しますが、夕方から活動する哺乳類も少なくありません。

　薄暗い時間に活動する哺乳類がいるのは、恐竜がいた時代に祖先が生きていたからだといわれています。

恐竜は鳥に近いのです。というより、恐竜の一部が鳥として生き残っているんですね。ご存知のように鳥は「鳥目」というくらいで、夜になると目が見えなくなります。怖い恐竜が昼間は頑張っていたので、小さかった哺乳類の祖先は恐竜が活動しなくなる時間帯に活動するようになったのかもしれません。でもその恐竜が滅びて哺乳類の時代になったら、遠慮はいらない。サルの仲間のように昼間も活動するようになったらしいんです。

現代の日本はとても明るいです。これは、人工衛星から写真を撮って、夜の日本を見るとよく分かります。日本全体が、輝いています。屋外にも照明がたくさんありますからね。

その写真をよく見ると、海と山脈が黒く写っています。例えば中部地方なら、鈴鹿山脈が黒く、はっきりと見えるんです。山には照明がありませんからね。

ここまで明るくていいのだろうか。時々そう思うことがあります。明るい方がいいのですが、夜は元々暗いのですから、屋外は、もっと暗くていいのかもしれませんよ。エネルギーの節約にもなります。

「健康」と「病気」

日本語で「健」という文字が使われる機会が最も多いのは、「健康」という単語ではないでしょうか。それほど健康には関心が高い。

経済協力開発機構という組織があります。横文字で略してOECDと書きますが、この機構はパリに本部があって35カ国以上が参加しています。その加盟国で「自分は十分に健康だ」という人の割合を調べました。

9割近くの人が健康だと答えた米国、ニュージーランド、カナダがトップクラスの国です。日本は、健康だと答えた人が4割以下でした。

こういう調査にどのくらい意味があるのか、それは分かりません。

私は自分自身のことをとりあえず健康だと思っていますが、病院に行って検査を受けたら、病気が見つかるかもしれません。何しろ80歳を超えていますから、病気であっても、別に不思議ではありません。

もしも自分の所にこういう調査票がきて返事をするとしたら、それでも「私は健康です」と答えるでしょうね。毎日普通に働いていますから。でも私の後輩の医者が言っていました。先生の年なら、がんの二つや三つ、見つかっても不思議ではないですよ、と。

こういうふうに、健康といっても、他人が見る健康と、自分が思う健康では、ズレがありますね。どちらが正しいかって、それは返事ができません。正しい、正しくないの問題ではないのです。どちら側から見るか、それによって、健康か病気か、違ってきます。

世間には「正解」が好きな人が多いことは分かっています。でも世の中には正解がないことも多いんですよ。

#「敵」と「味方」

よく「いい加減だ」といいます。「テキトーにやっただけ」「きちんとしていない」。そういう意味で使われますが、「ちょうどいい」という意味にもなります。

加は足し算、減は引き算です。足したり引いたりして、ちょうどいいところに収める。元々はそういう意味でしょうね。

足すのと引くのとでは逆です。だから意味が反対だと考えることが多い。でも足し算、引き算は、実は同じですね。見ている向きが違うだけです。等式で、数

や式を等号の反対側に移項すれば、正負は逆になります。

意味が逆の言葉はたくさんあります。「生きている」と「死んでいる」。これは反対に思えますが、生きているものでないと死ねませんから、逆というより、お互いに補い合って一つのことを表しているとも考えられるんですね。これを「補完的」といいます。

有無、つまり「ある」と「ない」。これも逆のようですが、考えてみると、補完的です。酒が瓶にまだ半分入っている。もう半分空になった。どちらも同じことを言っています。これは見ている対象が違いますね。「入っている」という方は、酒を見ています。「半分空だ」という方は、空になった分を見ています。ほら、両方合わせて、酒が入った一つの瓶全体じゃないですか。

いわゆる反対語というのは、よく考えてみると補完語なのです。

敵と味方もそうです。敵味方を超えて一つの世界を見つめることもできるはずですが、今はまだ、難しいんでしょうね。

なぜけんかばかりするんですかね。

勉強中
入るな!
…
ガチャ
どうした、まる！
何をそんなに
勉強してるんだい
あ、せんせい
今の時代、
何があるか
分からないから
生き残るために
勉強しているんだ
生き抜く
ための
サバイバル術
ふーん

思い出したけど
ボクが学生の頃
知り合いの婆さんに
たけし、
おまえは
高校卒業
したら
どうするんだい
ハイ！
大学へ
行く
つもり
です
キッパリ
ふーん
そうかい
あんたね
大学行くのはいいけど
バカになるよ
えーっ
つまり大学行けば
知識はつくけど
田んぼひとつ
手入れが
できやしない
ってこと
知識と行動を
セットで
学ぶことが
大事なんだ
知識
行動

なるほど行動かあ
よーし！
どこか行くのかい
サバイバルを実践してくる！ボクの知識を試すんだしばらく帰らないからよろしく！
ガチャ
バタン
…。
どうした？
チャ
スマホ忘れた♡
…

第2章

生きるために学ぶ

「世間で無事に生きるというのは、
難しいことなんですよ」

学ぶときに一番大切なこと

ゆとり教育の欠点がはっきりしてしまい、その反省の上で新しい学習指導要領ができました。これで教育の問題には片が付く。もちろんそうはいかないでしょうね。

このところ教育の議論の中から落ちてしまったことがあると思います。それは生徒の学習態度です。指導要領は先生のためのものです。何を、どこまで教えるか、教育の内容を決めるわけです。

でも、もう一つ、大切なことがあります。教育を受ける側に「指導される要領」はないんでしょうか。

私は長年、大学で教師をしました。同じことを教えても、生徒によって成果が違います。どういう生徒が「いい生徒」なのでしょうか。

若いころに、先生や先輩によく言われたのは「態度が悪い」という言葉でした。それです。態度なんですよ。

生徒は何かを学ぶわけです。学ぶときに、一番大切なのは、学ぶ態度じゃないですか。別に学ばんでもいいわ。そう思っていたら、態度に出ます。私の場合は、年中それで叱られたわけです。生意気な生徒だったからです。

では、一番いい学習態度って、何でしょうか。もう分かりますよね。本気で学ぼうとする態度です。どうすれば本気で学ぶんでしょうか。学ばなきゃ、死んじゃう。そういうときです。

安全安心な環境って、そういう意味では学ぶ態度をつくりません。ぼんやりしていても、平気ですからね。よく考えてみてください。世間で無事に生きるというのは、難しいことなんですよ。生きるために学ぶ。それが本当に分かっていれば、いくらでも人は学ぶようになるんです。

自分が思うことをする

先生は、生徒に何かを伝えます。つまり教えます。私も大学で長年それをやりました。でも学生に何が伝わったのか、自信がありません。大学で教えたのは解剖学です。でも、講義はほとんどしませんでした。解剖は自分でするもので、耳で聞くものではないからです。学生の実習にはお付き合いしましたが、講義はしないのです。

大学院生の時、私の先生が自宅に来られたことがあります。母が「いつもお教えいただいて、ありがとうございます」と挨拶したら、先生は「何も教えた覚えはありません」と言われました。

先生はへそ曲がりではありません。人の気持ちがよく分かる人でした。別の先生から、顕微鏡の使い方を後輩に指導するよう頼まれました。「自己流ですから」と遠慮したら「それでいい」と言われました。当時の東大医学部は、そういう先生が多かったのです。

私が先生方から伝えられたことは、つまりは「自分で学ぶ」ということでしょうね。自分で学んだやり方で間違えたら、自分で反省します。それで何かがしっかり身に付くわけです。

先生は生徒に何を伝えるのでしょうか。良いお弟子さんがたくさんいる先生には、どこか型破りなところがあります。普通ならしないことをすることがある。生徒はそこで何を学ぶのか。「学問の自由」です。小さなことですが、自分がこうだと思うことをする。そうしていいんだなと、生徒はそれを見て安心するんですね。これは「禁止」とは逆のことです。

今の教育は、もっぱら「禁止」になっていませんか。

「知る」と「分かる」の違い

自分の家の周りは知っていますよね。どこに何があるか「分かって」います。分かっているから、迷わずお店にもきちんと行けますよね。

友だちの家の辺りなら「知っている」かもしれないけれど、「分かって」ますかね。その友だちの家の周りに何があるか、たぶん知らないでしょ？

「知っている」と「分かっている」は少し違いますね。分かっていると、何かができるのです。算数が分かっていると、応用問題が解けます。ある知識を応用できるのなら「分かっている」のだと思います。

この違いは大人になっても大切です。「知っている」けど「分かってない」。そういうことは、年を取ってもたくさんあります。むしろ年を取ると知っていることが増えるから、分からないことも多くなるかもしれませんね。

お母さんに注意されて「そんなこと、分かってるよ」とイライラしたことない

ですか。分かっていてもできないことって、よくあるんですよ。私だってあります。

この前、マレー半島で虫とりをしました。熱帯の虫は種類が豊富です。似たように見えても、よく見ると種類がいくつもあります。

ホテルの庭にたくさんいた虫がまた山にもいたので、「なんだ、またか」と思ってとりませんでした。でも一応、1匹だけとっておき、帰って調べてみたら山のものは、やっぱり別な種類だったのです。

若い人に教えている私でも、そんなことがあるんです。

今度、お母さんに注意されたら、「分かってるよ」を少し我慢して、ニコニコしてまず「ハイッ」と言ってみよう。

怒らない

悲しければ泣くのが普通ですが、泣いたからって、悲しいわけではありませんん。感激して泣くこともよくあります。今ではその方が多いかもしれませんね。テレビを見て泣いたりする。

誰かが泣いているのを見て、自分も泣く。これを「もらい泣き」といいます。泣くのも伝染するのですね。

「喜怒哀楽」という言葉があります。喜ぶ、怒る、悲しむ、楽しむ。まあ「喜」と「楽」は似たことだと思いますから、三つの感情といってもいい。この三つはおそらく生まれつきのヒトの性質です。仮に、誰か大人が赤ちゃんにこれらを学習させなくても、ある時期が来ると、この三つの感情は必ず出てくるはず。

不思議なことに、この三つは他人にうつりますね。伝染する。テレビで画面には出ていない観客の笑い声を入れることがあります。誰かが笑っていると、テレビを見ている人もつられて笑いやすくなるわけです。

怒るのも同じ。相手が怒っているとよくけんかになります。これもうつるわけですが、どっちが先に怒ったのか、最後にはよく分からなくなるのが普通です。

私は今ではあまり怒りません。うつるのが分かっているからです。こういうふうに感情や動作が「うつる」理由は、脳科学ではわりあい最近になって分かってきたことです。相手のすることを見ていると、そのときに相手の脳の中で働いている神経細胞が、自分の脳でも働いてしまう。これを「ミラーニューロン」といいます。「ミラー」つまり「鏡の神経細胞」です。ヒトは社会的動物ですから、こういうことが多いのでしょうね。

火を付ける

私が子どものころは、マッチで火を付けるのが普通でした。お風呂を沸かすとき、ご飯を炊くときは、薪を使いました。落ち葉の多い季節には、たき火もよくやりました。停電のときにはろうそくです。だから炎は子どもの時から身近で、よく見ていました。

今は炎があまりありません。家の中で見る炎はガスの火くらいでしょうか。お仏壇のある家では線香をたくから、たまにマッチやろうそくを使うかもしれませんね。

炎をあまり見ることがないので、今の若者は火の扱い方を知らないとよくいわれます。炭や薪に火を付けるときには、まず紙や細い枯れ枝のように簡単に火が付きやすい物をその下に置きます。下から燃やしていくわけです。なぜなら炎は上にいくほど熱い。熱くなった空気は上に上るから、当然ですね。燃えにくい物を下に置くと、熱はすぐに逃げてしまい、火が消えてしまいます。炎は不思議な感じがしますね。明るいし、動くし、何だか生きているみたいです。だから子どもは、それに引きつけられます。でも、火は思わぬ方に突然広がります。日本は昔から木の家が多いので、江戸時代には明暦の大火など大きな火事が結構ありました。

だから、子どもの火遊びは昔から厳禁でした。でも火に慣れていないのも危ないですね。

寒い季節が近づくと、炎が懐かしくなります。昔はよくみんなでたき火に当たっていました。私は高校生の時に猿を飼っていました。モモちゃんという名でしたが、たき火が大好きで、よく当たっていましたよ。

嘘をつく

場合によって、悪かったり良かったり、世の中には、よく考えるとそんなことがたくさんあります。「嘘」がそうです。

事実と違うことを知っていながら、言う。これが嘘です。

昨日あそこに行った？　いや、行ってない。本当は行ったのに嘘をついたとします。今は調べれば、すぐにばれそうですね。携帯電話に位置情報の記録があるからです。

こういう嘘は分かりやすい。でも実は嘘は分かりにくい場合がほとんどです。昨日

あそこに行ったでしょ。うん、あの辺りまで行った。そう言いながら「あそこ」には行っていない、と答える。こういう嘘は見分けるのが難しい。

私は嘘がない分野が科学だと思っていますが、少し前に「STAP細胞」という例がありました。医療に役に立つ新しい細胞を作ったと発表しましたが、後で、その論文に不正が認められました。過去を調べると、科学の世界にだって他にもいくつか同じような出来事があるんです。

「真っ赤な嘘」という言い方があります。なぜ赤なのか。はっきりした色ですからね。「赤の他人」と同じ使い方です。

「嘘も方便」という言葉もあります。「場合によるよ」ということですね。私が若いころは、がんの患者さんに、本当の病状を知らせないことになっていました。がんと知った患者さんが「もう駄目だ」と思って、自ら命を絶ってしまうこともある。これでは医療と逆になってしまいます。でも今は告知することが増えました。がんも治ることが多くなりましたからね。

嘘と本当を上手に使い分ける。それができる人を大人というんでしょうかね。

日本語にする

最近は名前の最後に「子」が付く女の子が減りました。保育園の名簿を見ていたら、およそ20人のうちに、何と一人もいませんでした。ちょっと驚きました。理由はよく分かりません。

ひょっとすると、子どもは〝新品〟だから、古い名前を親が嫌うのかもしれません。50年もすれば、みんなどうせ古くなるんですけどね。

古い私は昔、孔子《こうし》の「論語」を読んだりしました。中国の古典を書いた学者の名前には孔子、孟子《もうし》、老子《ろうし》など「子」が付いています。これは敬称です。この場合は音読みですから「コ」ではなく「シ」と読みます。

余計なことですが、私の下の名前は、父が孟子から取ったそうです。母がそう言っていました。弟が生まれたら「孔司《ひろし》にするつもりだった」とも言っていましたが、残念ながら弟は流産してしまったそうです。

物理、化学では分子、原子、素粒子など基本の要素の名前に「子」が付いています。今は英語をそのままカタカナにする科学用語も多いですが「原子」みたいに、基本的な言葉を日本語にしておくのは大切です。今はカタカナ語が多過ぎます。そう思いませんか？

そればかりではありません。アルファベットを並べた略語「WHO」「IPCC」というのもあります。何が何だか分かりませんよね。

でもこれを正式な言葉にもどすと、長い文字列になってしまいます。「WHO」の「世界保健機関」はまだましですが、「IPCC」は「気候変動に関する政府間パネル」では、どうにも扱いにくい。「気候相談会」くらいでは、駄目なんですかね。

嫌いを細かくする

嫌いな食べ物、ありますよね。その代わり好きな物もあるでしょう。子どものころ、私はニンジンが嫌いでした。嫌いなのに「好き嫌いはいけません」と叱られました。今は平気です。

どうして好き嫌いがあるのでしょうか。その根本は脳にあります。脳の中には特別な場所があって、そこが好き嫌いを決めています。例えば、そこを壊せば、好き嫌いがなくなります。

でも、なくなったからといって好き嫌いする理由が分かるわけではありません。脳のその場所が、何をすると何がどうなるのか、全部は分からないでしょ？　好き嫌いは理屈ではない。それは誰でも分かっています。では、理屈ではないものを理屈で説明できるんでしょうか。

私は虫は好きですが、クモは嫌いです。虫と似たようなものだけど、クモはダ

メ。小さいクモならいいけど、大きくなると特にイヤ。でもヘビは平気。人はクモ嫌いか、ヘビ嫌いに分かれます。

クモ嫌いはヘビが平気で、ヘビ嫌いはクモが平気。動物の好き嫌いはだいたい1グループに決まっていて、何か嫌いな物が決まると、後は大丈夫なのかもしれませんね。

園児だと、あまりそういう好き嫌いがありません。はっきりした動物の好き嫌いは小学生のころに決まるようです。何かきっかけがあるはずですが、それを覚えている人は少ないでしょうね。

虫なんて、全部嫌い。それは少し困りますね。全部ではなくて、もう少し細かくなりませんか。ニンジンが嫌いだったと書きましたけど、ニンジンのお漬物なら食べられたので、自分でもびっくりした記憶があります。

言葉の作業を知る

年を取ることは、自分では分かりませんね。子どもだって、それなりに年を取っていきます。子どもが年を取ることを、育つというのです。

でも「育つ」と「年を取る」は、違うことでしょうか。違うんですが、でも同じです。どういうことかというと、育つことがそのまま続いていくと、年を取ることになるからです。そういうふうに考えた方が自然です。自然は連続しているのです。

20歳までは育って、60歳から先は年を取

る。その間は何も起こらない。そういうことではないことは、誰だって分かる。つまり一生はずっとなだらかに続いて動いていくわけです。

ただ人は物を見るときに、部分ごとに「切って」見る癖があります。言葉は「切る」作業でもあるのです。ずっと一続きのはずの一生を「切る」と、若者になったり、中年になったり、老人になったりします。でも実際にはどこからが老人かと考えると、分からなくなります。

それは手でも足でも、同じことです。どこからが手で、どこからが足でしょうか。解剖をやるとそれがよく分かってきます。

手だって足だって、胴体と結局はつながっているからです。それをどこかで「切る」から、「手」と呼んだり「足」と呼んだりするのです。

自然の物は、そもそも切れ目なくつながっています。それを便利だから、言葉という道具で切っているのです。だから「切ってはいけない」と言うつもりはありません。そうではなくて、自分が「切ってますよ」ということを知っていること、気が付いていること、それが大切なのです。本当はそれこそが「知る」ということ、つまり「学ぶ」ことの意味なのです。

怖がりのままでいい

子どものころから不思議な話が大好きでした。いまでもファンタジーをたくさん読みます。魔法も怪物もいろいろ出てきますよね。

怖い話も大好きです。日本でいう怪談です。英語では「ホラー」といいますね。幽霊も好きです。好きというと変ですが、怪談ならつい読んでしまいます。

米国にスティーブン・キングという作家がいて、この人のホラーは有名です。小説「シャイニング」は映画にもなりましたが、実に怖い。

オーストラリアに住んでいたことがありますが、夏になると、映画館で吸血鬼の映画をやっていました。欧米の怪談も怖い。世界中に怪談はありますが、どの国の人も、何だかんだいいながら、怖い話を聞いたり読んだりするのが好きなんでしょうね。

特に子どもは怖がりです。それでいいのです。なぜかというと、大人より弱いですから、怖がらないと危険ですからね。

幽霊はいるんでしょうか。どこの国にも幽霊の話はあります。だから少なくともヒトは、幽霊のような存在について考える癖があるんでしょうね。実際に幽霊がいるか、いないか、ということとは話が別ですが。

「幽霊がいるかも」と言う人は怖がりなので、たぶん危ないものにも近づかないでしょう。人類史上、それが生きていく上で安全だったことは間違いなさそうです。「いない」と言う人は、そうでない人に比べて危険に出合う確率が高かったはずです。だから、そういう人はだんだんいなくなり、今は怖がりの人の方が多いのかもしれませんね。

素直に感じる

感情のことを喜怒哀楽と表現することがあります。喜怒哀楽は一番、基礎的な感情といってもいいでしょうね。

生まれつき目が見えない、耳が聞こえないという赤ちゃんでも、ある時期がくると、喜怒哀楽の表情が出てきます。つまり、こういう感情は外から教えられなくても、自然に出てくるのですね。脳がそういうふうに用意されている。そういってもいいかもしれません。

悲哀という言葉があるように、「悲」も「哀」も「かなしみ」を表します。悲痛は痛いほど悲しいということで、哀悼は亡くなった人を悼む気持ちを表します。

もっと難しい悲しみもありますね。「白鳥は哀しからずや空の青海のあをにも染まずただよふ」。若山牧水の有名な歌です。

この「哀しみ」は、どんな悲しみでしょうか。いろいろなふうに思うことができますね。

感情を上手に言葉にするのは難しい。だから詩歌や文学があるんですね。俳句や歌は理屈っぽくなると、あまり面白くない。というか、感動が薄れます。

若いころ、私はこれをとてもいい歌だと思っていました。でも年を取った今では、少し理が勝っているかなあ、と思うようになりました。感受性は人によって違いますから、正解がただ一つあるというものではありません。素直に感じたままでいいのです。

私がどう思うにしても、それはこの歌とは関係がないといってもいい。言いたいことは、同じものに出合っても、年齢によって感情が違ってくるということなのです。自分はいつも同じではないんですよ。

逃げ場を残す

20年ほど前でしたか、気功の術を見せてもらったことがあります。気功のお師匠さんが一声、気合を入れると、お弟子さんが3人くらい、吹っ飛んでしまいました。

科学者は、そんなことを信じるの？と思う人がいるかもしれません。でも、朝起きたら目が覚めて意識が戻るのは、どのような働きでそうなるのでしょうか。科学的に説明できますか？

意識がなくなることを「気を失う」といいます。少し変だったのが、元に戻ると「正気に戻った」などと言います。これもどういうことか、よく分かりません。

いずれにせよ、意識を科学的に難しく解説するより、気という言葉で説明した方が分かりやすい。「気」はそれほど、昔から私たちの日常にあるからなのでしょう。

「気質」といいますが、その人の性格や癖を示すこともあります。短気、のん気、気に入る、気に入らない…。

気に入る、気に入らないは、その人の個人的な好みです。ある作品を誰かの前に持っていって「気に入りませんな」などと言われたら、駄目ということです。試験の点数のように、客観的な評価じゃありません。「他の人なら気に入ってくれるかもしれない」という救いがあります。

この「救い」は大切です。最近、ＳＮＳ（会員制交流サイト）での炎上を苦にした自殺とみられる痛ましい出来事がありましたが、いくら気に入らなくても、批判するときは常に相手の逃げ場を残しておかなければいけません。それは普段の口喧嘩でも同じですよ。

別の話ですが、昔の兵学で、城攻めは三方をふさぎ、一方を開けろというのがあります。完全に包囲すると、逃げ場を失った城兵が、必死で抵抗するからです。

あなた私のタイプじゃないの
ガ〜ン
タイプじゃないの
じゃないの
ないの
の…
バカヤロー
ポン
やけに夕日が目にしみるぜ

自然って
なんでこんなに
美しいんだろう
せんせいーっ
それは
答えだから
だよ
答え？
そう
たとえば
あの葉っぱを
見てごらん
最大限に光を
受けるために
どう並べたらいいのか
植物は
なん億年もかけて
その問題を解いてきた

ボクたちが今見ている
生き物や自然
それはひとつの解
解
つまり数億年の歴史の中で
生物が生き残るために
解いた答えそのものなんだ
だから
その
見事な姿が
「美しい」
と思うの
です
ボクたちの脳も
同じ自然の
世界を
見るように
進化してきた
お
1日10分でいいから
人間が作った
以外のものを
眺めるといいんだ
心がスーっと
するでしょ
—って
あれ、
いない
おお
君はなんて
美しいんだ
・・・

第3章

自然に目を向ける

「生き物は答えです。
35億年を生き延びてくるために
どれだけのことをしてきたか。
その答えが今、生きているんです」

漫画の神様と虫好きの関係

漫画家の手塚治虫さんが亡くなる直前、私はお目にかかることになっていました。私は漫画好きだし、同じ医者で、手塚さんが博士号を取得したのは奈良県立医科大の解剖学教室でした。さぞ話が弾んだと思いますが、残念ながら急に亡くなられたので会いそびれてしまいました。

戦後の漫画界における手塚さんの登場は、当時の少年たちに衝撃的な出来事でした。戦前は田河水泡の「のらくろ」が有名でしたが、手塚漫画はまず絵がシャープで、それ以前の漫画と印象がまるで違った。映像的で、おそらく手塚さ

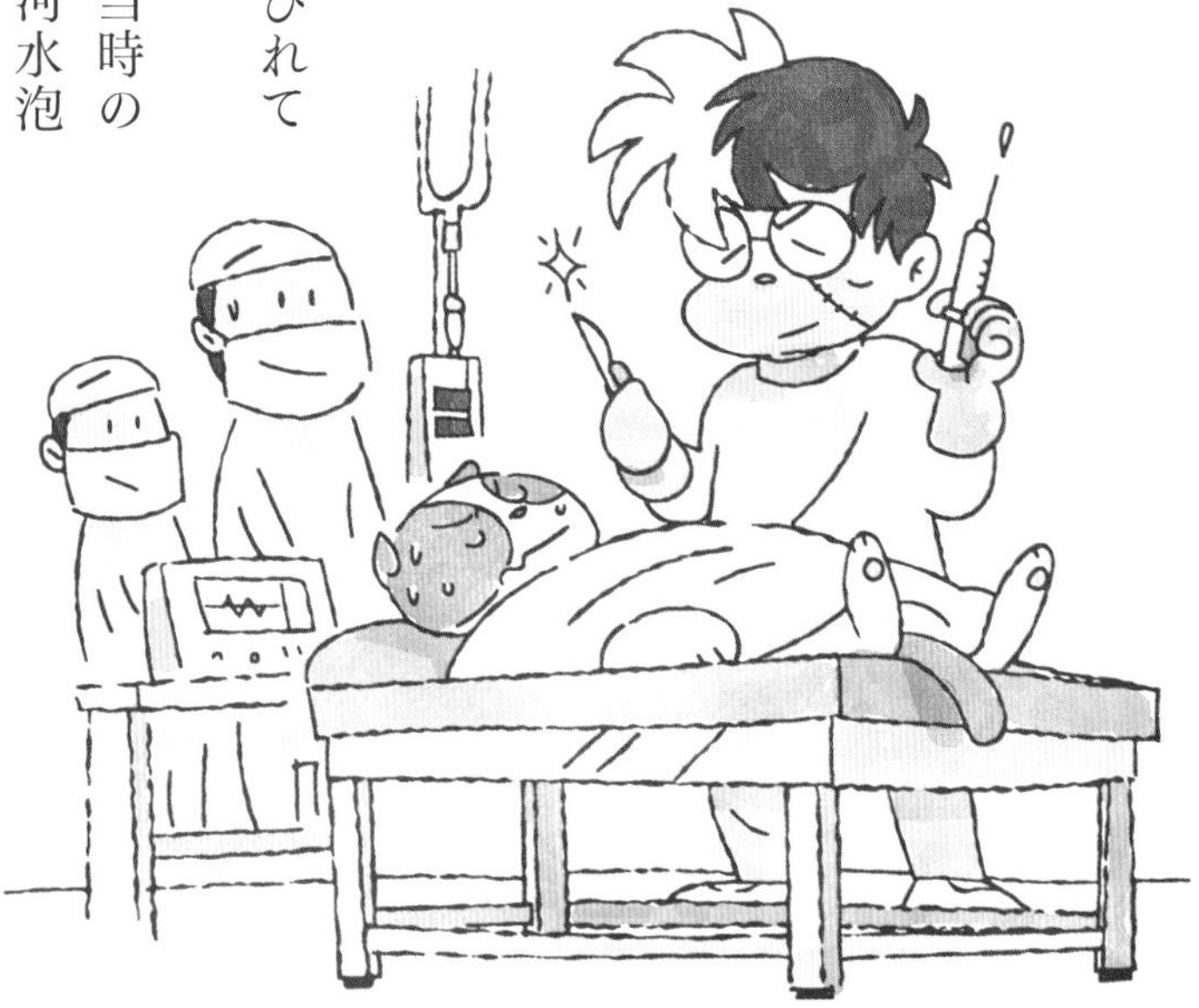

んが映画好きだったことや、ディズニーアニメの影響も大きかったと思います。ペンネームに「虫」が付いていたのも、少年時代はみんな虫好きと疑わなかったので、変な名前と思いませんでした。びっくりしたのは、はるか後年、手塚さんが10代のころに描いた昆虫のスケッチを見た時のこと。驚くほど忠実に緻密な虫の絵を描いていたからです。

本物を視覚的に伝えるには、必ずしも写真がベターとは限りません。むしろ写真には不要な背景、影やごみなど都合の悪い情報が結構あります。絵なら、余計なノイズを排除して見せられます。図鑑が絵で描かれるのは、そういう理由です。

それは人体も同じ。神経や血管を取り出して撮影したら、見せなくてもいい物が写り込みます。だから解剖学も、絵を使った解説書がたくさんあります。

漫画は、伝えたいことを誇張して描きますが、それはすなわち、伝えなくていいことは省いて構わない表現方法でもある。そういい換えられるはずです。

少年期に大の虫好きだったことは、後に「漫画の神様」となった手塚さんにとって、大切なことだったような気がします。

自然を受け入れる心

生物学的な意味で使うときには「イヌ」と表記しますが、普通の文章なら「犬」と書きます。私はそう書き分けていますが、干支は「戌」という字を書きますが、この文字に本来、犬という意味はないようです。ではなぜ「戌」年なのだと思った人は、自分で調べてくださいね。

私が子どものころは、犬はつながれていないのが普通でした。今では法令で犬はつながなければいけません。犬には噛む癖があるから、放し飼いにすると危険という考えです。昔から、犬が人を噛んでもニュースではないというほどですからね（代わりに、人が犬を噛んだらニュースだといいます）。

犬を放し飼いにするのはブータンです。首都ティンプーの交差点で寝ている犬を、車がよけて通っていました。この交差点には信号がありません。一度信号を付けたのですが、王様が気付いて取り外させたそうです。なぜでしょう。これも自分で考えてくださいね。

子どものころ、人の家の門を入って飼い犬に噛まれました。怖くもなかったし、あまり腹も立ちませんでした。知り合いとはいえ、他人の家に勝手に入ったんですから。

それでどう思ったかというと、「噛まなくたっていいのに」と思っただけです。別にいじめようと思っていたわけではありませんからね。でも、それは犬には通じません。

一言、忠告しておきます。犬を怖がってはいけません。怖がらないためには、犬に慣れることです。実は自然の物はみんなそうなんですけれどね。しょうがない。そう思って、受け入れることです。

ヒトが利口な理由

中学生のころに猿を飼っていたことは、以前にも書きましたよね。「モモちゃん」という名前でした。

それまで猫や犬を飼いましたが、猿はケタ違いに、利口だと思いました。モモちゃんが家に来た最初の日、私はポケットからピーナッツを出してモモちゃんにあげました。次の日そばに行くと、モモちゃんは、私のポケットに手を入れてピーナッツを探すのです。1回で、覚えてしまったわけです。

ヒトも猿も霊長類ですが、同じ仲間には、他にもチンパンジーやゴリラなど、いろいろな種類があります。

脳の大きさも、いろいろです。脳が大きいほど、利口だと思っていいです。ヒトの脳の大きさは、チンパンジーやゴリラの約3倍といわれています。

話は変わりますが、実は猿の仲間は、大きな群れをつくる種類ほど、脳が大き

くなるということが分かっています。

どうしてそうなるのか、を考えてみます。

群れが大きくなるにつれて、それぞれの個体同士の関係は、どんどん複雑になっていきます。2人（2頭）だけなら相手のことだけを考えていればいい。けれども、相手が多くなればなるほど、考えなければならないことは増えます。

「誰と誰は仲がいい」「誰と誰は仲が悪い」。そんな細かいことを、どんどん考えなくてはならないようになりますから。

一番大きな群れをつくる猿の仲間は、実はヒトです。大きな群れをつくり、それがヒトの脳を大きくさせた理由の一つなのです。

人間との関係が深い動物

馬は人に好かれる動物です。日本には馬頭観音という馬の顔の形をした観音様もあります。牛の観音様はないようです。私は丑年だから残念ですが。

ヨーロッパ人も馬が好きです。今でもロンドンの街を騎馬警官が歩いています。東京で馬を見かけるのは、どこかの国の大使が天皇陛下にご挨拶に行く際に、東京駅から皇居に馬車が向かうときくらいでしょうか。一度見たことがありますが、大使には、皇居に向かうのは馬車にしますか、車にしますか、と尋ねるそうです。

馬は一直線に進化した動物として有名です。犬くらいの大きさの先祖からあまり枝分かれせず、今の馬まで、どんどん大きくなったというわけです。古い昔に北米にいた動物ですが、北米では絶滅してアジア大陸に生き残りました。だから今北米大陸に馬がいるのは、人が持ち込んだものです。

馬が好かれるのは、人との交流にあります。人の気持ちがよく分かるといいます。

私は中米コスタリカで初めて馬に乗りました。びっくりしたのは、私が乗った途端に、それまで頭を上げていた馬が頭を下げて、道端の草を食べ始めたことです。「道草を食う」とはこのことだ。そう気付きました。私が馬を好きにさせる性格だとすぐに見抜いて、いわば、私を馬鹿にしたわけです。

その後も勝手に走りだして、牧場の中にいる仲間の馬たちに合流しようとしました。その時に言われたのが「手綱を引き締めろ」ということ。馬はこのように人間のことをよく知っています。

馬と人の関係の深さが分かりましたか？

付かず離れずが面白い

いわゆる野生動物は何でも好きです。箱根にある私の家には時々、庭に猪が出ます。

昨年は隣の家の竹がうちの庭まで伸びてきて、タケノコが生えました。掘ろうか、どうしようかと思って、ひと晩たったら、次の日にはもうなくなっていました。猪が掘ったんです。

うちの庭には、リスもアナグマもウサギも出ます。敷地の周囲はきちんと囲ってあるので、動物は入ってこないはずですが、どこかに入り口があるわけです。それを塞ごうとは思いません。

シカは近所でたまに見かけますが、さすがに庭には入ってきません。箱根はなぜかシカが少ないんです。でも比較的近い天城山や丹沢山地には多い。もしかすると、箱根の硫黄の匂いが嫌いなのかなあ。

ラオスの田舎に行くと豚の子どもが放し飼いになっています。小さな尻尾をチョコンと立てて、何ともかわいらしい。人間の子どもと一緒に走り回っています。平和な風景ですね。

アフリカのケニアに行ったことがあります。そこでは猪の仲間がホテルの敷地内を歩き回っていました。ホテルといってもキャンプ場みたいな所で、人はテントに宿泊します。こういうふうに、猪はいわば人と付かず離れずで、暮らしています。そこが面白いんです。

私の母親は亥年でした。家内も娘も亥年で、私は丑年です。牛が猪に囲まれて暮らしているわけです。猪が嫌いなんて言えませんよねえ。繰り返し言いますが、本当に私は猪が好きなんですよ。怒らせなきゃ、怖くないんです。

恐竜の生き残り

鳥は恐竜の子孫という話を以前しました。骨を見ていると、一部の恐竜によく似ています。恐竜は絶滅したことになっていますが、考えようによっては、鳥になって生き延びたんです。

恐竜の時代に、羽が生えた原始的な鳥がいたことが、19世紀から分かっています。これが始祖鳥です。たぶん、飛べたかどうかは、分かりません。飛び立つことはできなかったのではないかといわれています。

では、なんで羽が生えているんだ。そういう疑問が当然、出ますよね。羽をホウキのように使って虫を集めた、なんていう説を聞いたこともあります。

私も答えは知りません。私たち哺乳類に毛が生えたのも、鳥に羽が生えたのと、似たようなことですね。

でも、この二つのグループには、共通点があります。それは恒温動物ということです。体温を一定の温かさに保つことができるのです。

爬虫類、例えばトカゲやヘビは日なたぼっこが好きです。これは太陽の熱で体を温めて、体温を上げているわけです。鳥や哺乳類は、雨にぬれたとか、何か事情があって体が冷えなければ、あえて日なたぼっこする必要はありませんよね。

皮膚の温度が高くなると、どうなるのか。

温度が上がると、化学反応の速度も上がります。皮膚も同じように、温度が低いときには起きなかった反応が起こる可能性がでてきます。羽が生えたのは、そんなところに理由があるのかもしれません。

反対に、鳥の足には鱗が残っています。そこには、恐竜時代の古い皮膚の構造が残っているんですね。

世界は人だけではない

ネズミは「鼠」と書きます。漢字は難しいですが、昔から人の生活にとても親しく、身近な動物でした。私が子どものころは天井裏をネズミが駆け巡る音がよく聞こえました。懐かしいですねえ。

だから猫を飼ったんですね。中学生のころに猫がじっと溝を見ていたのを覚えています。そこをネズミが出入りしていたんです。ネズミを見つけたら、次に顔を出すまで待って、捕まえる。そういうときの猫は辛抱強いんですよ。

大学生の時には学校の廊下でネズミをよく見かけました。そのネズミが目当ての野良猫まで入りこんでいたんですから、今では考えられませんね。実験用のネズミはおりに入れられて、冷暖房完備。廊下にいたのは野生のクマネズミです。

中でも多かったのはドブネズミです。大学ではごみ捨て場があって、そこで何匹も見たことがありました。今でも都会で見かけるのはドブネズミです。多摩川の河原に穴がたくさん開いているのを見たこともあります。ハツカネズミは小さいネズミです。私はかわいいと思いますが、皆さんはどうでしょうか。

オーストラリアに暮らしていた時は、家の中で見かけました。子どもが小さかったので、食べ物のかすが床に落ちます。でも掃除しないのに、なくなっています。ある日、ハツカネズミが出てきて、拾っているのに気付いたんです。

暮らしの中にネズミがいるのは、良いことですよ。この世界で生きているのは人だけではない。それを教えてくれるんです。時々、前足でえさを持って食べていたりする。かわいいものではないですか。

自然豊かな国

私は丑年生まれですが、家内も娘も、わが家の女性陣はなぜか、みんな亥年です。亡くなった母もそうでした。牛がイノシシに囲まれた家です。確か、以前そう書きました。

83歳で丑年を迎えましたが、思い出すのは医学部の助手時代に訪れたオーストラリアです。30代の時、現地の心臓財団に研究員として派遣されたのです。

ある時、広い牧場を見ていたら、地面に白い物体が見えました。紙くずが散らばっているのかと思いましたが、よく見ると、白いオウムでした。

珍しいのでそのまま見ていると、全ての牛がいっせいにこちらを向いて歩いてきました。なかなかの迫力で怖い思いをしました。

きっと彼らも暇だったんでしょう。あまり見かけない珍しい人間が来たから、何だろうと思って寄ってきたんですね。牛はのんびりしているように見えますが、好奇心が強い動物です。

わりあい頑固で、集中力もあります。ある牛小屋で、壁に少しくぎが出ていたそうです。牛はそれが気になって、舌でずうっとなめ続け、最後にはかたいくぎを抜いてしまったそうです。

オーストラリアは、すごい数の牛や羊がいます。そのふんにたかるハエもすごく多い。放っておけばふんだらけ、ハエだらけになるから、ふんを片付けてくれる糞虫をアフリカから輸入していました。今はどうなっているんでしょうか。

オーストラリアには4年間いるはずでしたが、大学の都合で結局、1年で帰国することになりました。

そこらじゅうに虫がいる自然豊かな国です。あのまま4年もいたら、どうなっていたかと考えることがあります。楽しくなって、帰国しなかったかもしれません。

人生は、分かりませんね。

生物つどう安らぎの世界

木は大好きです。見ていて飽きません。特に大きな木が好きです。大きな木は姿がいい。とても立派で、存在感があります。ここまで育つ間に、どれだけの出来事を見てきたのかしら。そんなことを思います。100年も200年も生きてきたんですから、多くのことに出合ったはずです。

木の外側にはコケや他の小さな木、草やランの花が生えることもあります。ケヤキやエノキにはヤドリギが寄生することもあります。木全体が一つの世界、つまり生態系になっているわけです。安らぐために訪問客もたくさん来ます。鳥が来て、時には巣を作ります。古くなって、幹に穴が開くと、リスやムササビも入ります。

もちろん虫もすんでいます。木そのものを

住処にしているだけでなく、コケの下や、剥がれかけた樹皮の下に入っています。特に冬になると、何種類もの虫がこういう場所で冬を越します。私は今でも時々、そういう虫を探します。

春に葉が茂って、花が咲くと、別な虫が集まります。高い木に咲く花に集まる虫をとるには、柄の長い網を使います。10メートルにもなる柄ですが、そこまで長くなると、振り回すわけにはいきません。網を花にかぶせて、ゆするだけです。そうすると、網の中に虫が落ちるわけです。

美しいタマムシは高い木のてっぺんを飛ぶ癖があります。これを捕まえるのにも長い柄の網がいります。18メートルの柄の網を使う人を見たことがあります。もちろん、竿を太い物から細い物へと、順繰りにつなぎます。この長さになると特別に注文しなければなりません。

そういうわけで、木には人も集まるんですよ。

人は地球を食べている

食べようと思えば石でも食べられます。でもそれは食べるというより、飲み込むといった方がいいでしょう。

小さい石なら無理すれば飲み込めます。でも消化できません。だから石を飲んだら、いずれそのまま、おしりから出てくるはずです。

ニワトリは小石を飲みます。その小石は焼き鳥でいう砂肝、本当は「砂嚢《さのう》」という、胃の前にある、もう一つの胃みたいな袋にしまわれます。ニワトリは歯が

ないので、そこで石を助けにして食物を砕くわけです。恐竜にも鳥の親戚がいますから、化石を見ると、同じ部分から石が出てきます。

食物は細かく砕かれ、さらに分解されて、つまり消化されて、最後は分子になります。その分子が腸から吸収されます。分子というのは、食物の一番小さい単位と思えばいいでしょう。タンパク質ならアミノ酸、炭水化物なら単糖《たんとう》です。

結局何を食べても、分子になってしまうということでは同じです。分子の種類と量が違うだけです。

私たちの食物は普通生き物です。お米なら稲の実です。稲は田んぼで育ちます。太陽の光と二酸化炭素、田んぼの水、さらにさまざまな肥料つまり養分を田んぼからとって育ち、お米が実ります。それを食べると皆さんの体になります。

気が付きましたか。皆さんは実は田んぼを食べているのではないでしょうか。魚は海からいろいろな物をとって育ちます。その魚を僕らが取って食べます。では僕らは、結局は海を食べているのではないでしょうか。体は、田んぼにも、海にも、つながっているんですよね。

つながりあう生き物たち

虫が出る季節になりました。この春（2011年）は寒い日が多かったので、どうだろうかと思ってましたが、鎌倉（神奈川県）の自宅近辺では例年通りの虫の活動が始まっています。トカゲも出てきて、さっそく飼い猫のまるが捕まえて遊んでいました。

もちろん虫の苦手な人も多くて、特に女性に多いようです。ゴキブリなんかを見つけると、親の仇に出会ったように騒いで敵対します。その気持ちも分からないではないんですよ。何しろ、だしぬけに変なものが出てきて、出てくる理由もはっきりしません。形も色も要するに気に入らない。動きが速過ぎるという人もいます。

ゴキブリも実際には害はないんです。でもそれは理屈で、嫌いな人の気持ちは変えられません。私がそれを理解できるのは、クモとゲジゲジが大嫌いだからです。毒グモはともかく、ゲジゲジなんて全く無害です。それでも、見るのもイヤ。

生き物に対するこうした好き嫌いは、おそらく人の持って生まれた性質に関係していると思います。チンパンジーもゴキブリが嫌いらしく、身体に付いた虫を「おお、嫌だ」という感じで、人と同じように手で払っているビデオを見たことがあります。

自然との共存とは美しい言葉ですが、実際には難しい。大切なのは、嫌いでも害はない、ということに気付くことです。嫌いだから絶滅させてもいいというのは、自然破壊という逆の害を生んでしまいます。生き物は互いにどこかでつながりあって生きています。21世紀の生物学は、それを証明していくと思いますよ。

むむ！
こ、これは！
ヒゲボソゾウムシの
おちんちんが違う！
とれた場所
によって違うぞ！
うおおお！
おちんち
せんせい
こんな遅くに
何してるの？
オホン！
とったゾウムシを見て
研究をしているんだよ。
夜中に
おちんちんの
研究？
違う!!
ゾウムシだ！

学校で教えてくれないの？
学校では「問題」があって「答え」を出す
研究はそのさかさまなことをしないとダメなんだ。
さかさま？
さっき3章で生き物は「解」って言ったでしょあれには話の続きがある
「答え」を見て「問題」を探る…

⑦ → 1+6
→ 10－3
↓ 2×2+3
例えば答えが「7」と言われたときに問題は「1＋6」なのか「10－3」なのかあるいは「2×2＋3」なのかを探る
それが生き物を見るってことそれが研究なんだよ
ふーん。答えから問題を考えるって楽しそうだね
えーっと答えがおちんちんってことは問題は…
ほぉ…
ぼーン
ぼーン

第4章

科学の視点を持つ

「『当たり前じゃないか』などと言わないで、あれこれ考える。面白いと思いませんか」

物理のはなし

世の中には、いろいろな「力」が存在しますが、腕力や暴力が一番分かりやすいかもしれませんね。権力もあります。包容力は、子どもが使わない言葉でしょうね。

マイナスの印象がある言葉の後に「力」をあえて付ける。この方法を使ったのが、作家の赤瀬川原平さんです。著書「老人力」がはやりました。覚えが悪くなったら「忘却力がついた」と言えばいいのです。

少しまじめにいうと、力という考えは物理学の始まりといえます。そこから生

まれた古典力学は近代の自然科学の始まりです。その後、20世紀に量子力学ができたので、それと区別するのに「古典」力学といいます。早い話がニュートンの法則です。そこでは力＝質量×加速度と定義されます。

分からなくなったでしょ。実は私は物理が苦手でした。中学生の時だと思うんですが、物理を学校で習ったわけです。でも先生はドイツ人の神父さんでした。この先生は日本語があまり上手ではなかったので、質量も加速度も、よく理解できませんでした。

でも実は日本語のせいではないかもしれません。質量も加速度も物理学の概念です。概念は難しい言葉ですが、つまりは意味です。物理学はそれらを細かく定義します。そこがなかなか理解しにくいんですね。

普通に力といえば、誰だって分かっています。日常の中に、具体的な体験があるからです。それを言葉や数値や記号できちんと説明しようとする、それが物理学です。リンゴが落ちるのを見て「当たり前じゃないか」などと言わないで、引力という概念を導いた上で、あれこれ考える。面白いと思いませんか。

遺伝のはなし

子どもは、親に似るのが普通です。でもなぜ似るんでしょうか。不思議ですね。オーストリアの生物学者メンデル（1822〜84年）は、エンドウマメの遺伝について調べました。例えば、黄色いマメと緑色のマメを区別して、それぞれAとaに分けました。こうしたマメの色のような性質を、生物学では「形質」といいます。

遺伝学は、親から子に形質がどのように伝わるかを調べますが、今では、形質を伝えているのは、遺伝子だと分かっています。お父さんやお母さんと、顔や体質が似たりするのは、そのせいですね。それは皆さんもよく知ってるでしょ。

血液型も同じです。A型、B型、AB型、O型がありますが、これを「遺伝子型」で見ると、AA、AO、BB、BO、OO、ABという6種類に分かれます。

血液型のうち、A型とB型は、O型に対して優性です。だから遺伝子型AAと

AOは血液型ではA型に、BBとBOは、B型に区分けされます。遺伝子で血液型を考える場合には、いつも組み合わせを考えなくてはなりません。ややこしいですね。

遺伝子は「DNA」と呼ばれる物質でできていると分かっていて、DNAの構造のことを「ゲノム」といいます。科学はヒトのDNAの構造（ヒトゲノム）をほぼ解読しましたが、他の分からないことがたくさん出てきました。それはそうですよね。構造が分かったからといって、ヒトの性質が全て分かるわけではありませんから。

一つのことが分かっても、分からないことは、かえって増えるのかもしれません。

化学のはなし

私たちの体の7割以上は水だそうです。「多数決」というのも変ですが、分子の数でいうなら、私たちは要するに水なんですね。

かつて生き物がいたかどうか、それを調べるために、火星の探索では海や川の跡を探します。もちろん生き物の物質的な基本は水だと思われるからです。

どうして水なんでしょうか。この説明は少し難しい。水は化学的な調査をするためには、いろいろ都合のいい性質を持っている。とりあえず、そう考えてください。例えば酵素のように、物を分解する働きを持つタンパクは、水の中で立体構造、つまり分子の形を変えます。酵素として働くために、その形が重要なのです。

水に溶ける物と、溶けない物があります。水に溶けない物は、生き物にあまり影響を与えません。物理的にしか影響しないからです。例えば毒を考えてみま

しょう。毒は水に溶けるから毒なんです。つまり毒の分子が水の中で働くわけです。

フグは毒があります。それを取り除くために、専門の料理人は、食べる部分を水で丁寧に洗います。もしフグ毒が水に溶けなかったら、毒にはなりません。

昆虫学者のファーブルは、よく茹でれば毒キノコは食べられると書いています。実際、適切に調理すれば食用になる毒キノコもあるようです。でも、どんな毒キノコであろうと、鍋に入れたまま食べてはいけません。中に毒が溶け出しているからです。理屈は、フグの場合と同じですね。

まあ、毒かどうか分からない物を、無理に食べることはないんですけどね。

化学のはなし2

飛行機に乗ると、窓から雲がよく見えます。いつもですが、つい見とれてしまいます。雲は普段、空の上で、遠くにある。飛行機で空に上がって近よると、雲が大きく見えるわけです。

虫を見るときに虫眼鏡を使い、顕微鏡で見ます。それと似ています。普段見ているものでも、大きくしてみると、思わぬ姿があらわれます。

飽きもせずに雲を見ているから、

家内に笑われます。子どもと同じネ。そうかなあ。子どもは雲なんか見ても、すぐに飽きるんじゃないかなあ。

雲も霧も小さな水滴の集まりです。小さいから、大気の流れの中でフラフラ浮いてしまう。大きい水滴なら、雨になって落ちますからね。

私は化学には詳しくありません。でも水はとても面白い物質だと思っています。生き物は水がないと生きられません。というより、水という物質が持つ性質が、生き物のあり方を決めています。

雪の結晶がいろいろな形をとるのは有名です。でも水の分子だけでできているのに、なぜ「いろいろな形」ができるのでしょうか。結晶なんだから、全部同じ形になるはずではないんですか？　この辺が水の分子の面白いところです。

水を化学式で書くと「H_2O」になります。こうして名前で表すと、全ての分子が「同じ」になります。でも本当は少しずつ、何かが違うのではないでしょうか。

水の分子が集まって、固まりを作る。そのときに、例えば少しずつずれて、違う形を作る。雲を作る水の分子は、もっと自由でしょうね。雲の形を見ているとついそんなふうに思います。

化学のはなし３

塩は化学的にいうと、ナトリウムと塩素の化合物。皆さんは、ナトリウムや塩素を見たことがありますか。

私は、高校生の時に化学の授業でナトリウムの金属を先生に見せてもらいました。水に入れたら、結構な勢いで動き回ったように記憶しています。塩素はガスで有害なので、吸ってみたことも、見たこともありません。

化学って不思議ですね。なぜなら、食塩なら誰でも知っています。見たこともあるし、なめたこともある。ところが、その塩を作っているナトリウムも塩素も見たことはないし、なめたこともない。そもそもなめられるかどうかも、知らない人がほとんどではないでしょうか。

水は水素と酸素の化合物です。同じように、水素も見えないし、酸素も見えない。「空気中には酸素がある」と学校で教わりますが、透明だし、他の気体とまざっているから酸素だけ選別することもできませんね。

暑い日には、ヒトはたくさん汗をかきます。汗は、ほとんどが水分で塩分を含みますが、それらが足りなくなれば、生きていけません。反対に、多く取り過ぎると健康に悪いこともよく知られています。

日ごろの経験でよく知っているつもりの物でも、それらを作るナトリウムや塩素、水素や酸素となるとすぐにイメージできない。このように、普段の経験では分からないような物事を分析し、説明するのが化学だ、という言い方もできます。

そう考えると「知っている」って、実はよく分からない。何か不思議だと思いませんか。

脳のはなし

友だちは大切です。中国の古典「論語」の最初には「朋有り、遠方より来る、また楽しからずや」と書かれています。「朋」は「友」のことですが、「志を同じくする仲間」の意味もあります。

元の文章は「有朋自遠方来、不亦楽乎」で、「朋の遠方より来る有り」とも読みます。それだと意味が少し違う、つまり解釈も違ってきますが、それはどうでもいいでしょう。何しろ論語は千年以上も前の中国語です。だから古い文章の解釈がいろいろあっても不思議はないのです。

友だちが大切だというのは、若いうちはあんまりピンとこないかもしれませ

ん。

年を重ねると、同級生が亡くなっていきます。よく「心に穴が空いた」という言い方をします。そんな気もしました。

友を失うと、痛いのです。えっ？　痛いって、怪我をしたときとかの感覚じゃないの。いや、本当に痛いんですよ。だから心が「痛む」のです。

もちろん、けがなら体のどこが痛いかが分かります。それを認知する部分と、痛いから苦しいと感じる部分は、脳の中で分かれています。

けがをして痛いけど苦しくない。そういうこともあり得ます。苦しいと感じる部分が、「どこが痛いか」を覚知する部分と、脳の中で違っているからです。

親しい人をなくすと、苦しみを感じる部分が活動します。それは脳の中では、怪我のときに苦痛を感じる部分と同じ場所なんですよ。

仏教では「愛別離苦」と言います。愛する人でもいずれ別れることになるからです。だって自分が死ぬか、相手が死ぬか、どちらかは必ずあるんですからね。「諸行無常」です。

解剖のはなし

体の中は、複雑で面倒で分かりにくいものです。口から肛門まで、食べ物が通っていくのは、実は1本の管です。これをひとまとめにして、「消化管」と呼びます。

「体は一本の管だ」と言う人もいます。確かに管を描いて、先端を口とみて、反対側を肛門とすれば、管の壁にあれこれ付け加わってできた物が、ヒトの体だとみることもできます。面白い見方ですね。

口の奥は咽頭《いんとう》。普通は喉と呼んでいます。次に続くのが食道。これはまさに1本の管です。

消化管のうち胸の辺りにある部分が食道。食道が横隔膜《おうかくまく》を通り抜けると、次が胃になります。

横隔膜は胸と腹を分けている膜状の筋肉です。でもこれは実際に解剖して見てみないと、分かりにくいですよね。

ネズミの解剖をしたら、すぐに分かります。肺と肝臓を仕切る薄い膜があり、それが横隔膜なのです。

では、カエルの解剖をしても分かるかというと、分かりません。なぜならカエルの仲間、つまり両生類には横隔膜はないからです。

解剖学をやっていて「分かりにくい」と思うのはこういうときです。

カエルには、食道も胃もあるのに、横隔膜はない。では、どういう動物にあって、どういう動物にないのか。そういう疑問を追いかけていくと、きりがない。

面倒くさいから、適当なところでやめておこう。そう思ってしまいます。でも「適当なところ」どころか「初めからやめよう」と思う人が、ほとんどかも知れません。でも、面倒くさいでは学問はできません。今回はそれが一番言いたかったんです。

解剖のはなし2

口は、正式な解剖学の用語にはありません。普通、口といっているのは唇のことです。中に空間があり、それは「口腔《こうくう》」といいます。口だけ切り出してくださいと言われたら、分かるでしょう。唇を切って持ってくるしかないのです。

でも普通に口っていうではないですか。言いますけど、実はその口は機能、つまり「働き」のことを指しています。

解剖は機能ではなくて、構造を調べます。だから構造としては、唇と口腔でいいのです。歯や歯茎も、もちろん構造です。

働きとしての口とは、なんでしょうか。入り口でしょうか、出口でしょうか。こういうことを「屁理屈じゃないか」と言う人もあります。でも僕はそうは思いません。自分で言った言葉が何を意味しているのか、よく分かっている。それはとても大切なことです。

構造と機能、つまり、つくりと働きを区別するのは、大切です。これを混同すると、わけの分からない質問が出てきます。例えば「心はどこにあるか」。こういう種類の質問です。実は心は、場所とは無関係な概念です。心は、働きだからです。

構造には場所がありますが、働きには一定の場所はありません。「消化」や「排泄」は働きだから、一定の場所はないのです。

科学が物を重要視する学問だから、場所があって当たり前だと、思ってしまうのでしょうね。

口だけではありません。肛門も解剖学にはない言葉です。正確には、「肛門管」といいます。口や肛門はいわば「印象としての言葉」といっていいでしょうね。

数字のはなし

きちんとした決まりがなく、物事の秩序がなくなると大変ですよね。例えば、世の中が乱れることを「乱世」などといいます。

数には「乱数」があります。数字が並んでいるけれど、そこに何の規則もない、というものです。いい換えれば、数がデタラメに並んでいるわけです。

乱数表には、数字がデタラメに並んでいます。これは普通、考えて作るものではありません。機械に作らせます。ヒトが考えて数字を並べたら、デタラメということになりません。なぜなら「考える」から。

だから一見デタラメに見えても、本当にデタラメかを判断するのは実は難しい。ひょっとしたら、何かしら考えが潜んでいて、ある規則が隠れているかもしれませんからね。

例えば暗号です。皆さんは作ってみたことがありますか。

「いろはにほへと」を使って、文字を数字に当てて「アナタガスキダ」なんていう文章を作ることもできます。

本を使った、便利な方法もあります。10ページの最初にある文字が「お」だから、「10」を「お」と読んで文章を作るわけです。どの本を使ったかを知っている人であれば、その暗号を読むことができますね。

人間がデタラメの数を作るには、サイコロを使えば簡単です。何度もふれれば、1から6までの数字がデタラメに出ます。普通のサイコロは6面しかありませんが、もっと面の多いサイコロを作れば、より多くの数字が並べられます。

デタラメって、結構、難しいでしょ。

生物物理学のはなし

誰だって毎日、寝ます。「寝ないと死ぬ」とよくいいますが、私は寝ないで死んだ人を見たことはありません。だって、それほどヒトは必ず寝ますからね。

今は私の脇で、飼い猫のまるが寝ています。まるはいびきをかくので、寝ていると分かります。人だけではなく、動物も寝るわけです。

では、なぜ動物は寝るのでしょうか。これはなかなか難しい。少し理解するには「生物物理学」という学問が必要です。しかも、専門家の意見だって、答えが完全に一致しているわけではないと私は思っています。

ともあれ、動物も寝ます。魚まで間違いなく寝ますから、脊椎動物はみんな寝るといっていいでしょう。では虫はどうでしょうか。

たぶん寝ます。寝ることに関係した遺伝子が見つかっているからです。「寝る」の逆は何でしょうか。「起きる」？　では、起きているときと、寝ているときの違いって何でしょうね。

起きているときには意識があります。つまり、ものを考えたり、外を見たり、自分の意思で動いたりできます。起きている状態は「意識がある」といい換えてもいい。反対に、寝ているときは、意識はなくなっています。

寝ることが理解できるためには、起きている、つまり意識があるとはどういうことか、それがきちんと分かっていないといけないはずです。ところが、意識は、科学で説明できていない現象の一つなんです。

科学的な分析は意識がないとできない作業ですが、その科学がいつか意識の全体像を説明できる日がくるのでしょうか。

科学は意識の一部分。だから全て分からなくても当たり前。私は、そう思っていますけど…。

記録のはなし

東日本大震災の津波について、平安時代にも同じようなことがあったと報道されました。私の住んでいる鎌倉（神奈川県）でも、大仏殿まで津波が押し寄せたという古い記録が残っているといいます。

こういう昔の記録はもちろん不十分です。現代の記録はどうでしょうか。これから数百年、数千年がたったときに、どのくらい残っているでしょうか。生きていて、それを見てみたい。そんな気持ちもありますが、もちろん無理です。

起こったときの記録は、そのときの役に立ちません。特に大事件なら、そのときに生きている人には常識ですから、わざわざ記録しなくたって、誰でも知っています。それなら記録しようという気もなくなるかもしれませんね。大事件でなくても同じです。つまらないことなら、もっと記録しませんよね。

英国にカモメの卵の殻の厚さを毎年測っていた人がいたそうです。何の役に

立つのか、本人も分からなかったと思います。でもＤＤＴという殺虫剤が使われるようになり、鳥が減ってきて、それがＤＤＴの影響だったと判明する大切な記録になったといいます。なぜかって、この殺虫剤が使われるようになってから、カモメの卵の殻がだんだん薄くなってきていたことが、その記録で分かったからでした。

私は虫を捕まえて標本を作っています。今は何の役にも立ちません。将来も役に立たないと思います。でもこの夏も中学生の時に作った標本を持ち出して掃除しました。半世紀以上も前の鎌倉の虫です。その虫はもう鎌倉にいないかもしれませんね。それが記録というものなのです。

研究のはなし

研究らしいことを私はずっと続けていますが、やり遂げた感じは、まだありません。ひたすら磨こうとしていますが、なかなか終わりません。いつも「まだまだこれから」と思っています。何かを成し遂げるには、人生は短過ぎるかもしれない、と思ったりもします。

研究の「究」は「きわめる」とも読みますが、音読みの「キュウ」という音は、どこか差し迫った感じがします。救急車という言葉のせいかもしれません。あるいは、私の偏見かもしれませんね。

究めるというのは、良いこととされています。「道を究める」という表現は、学問でも職人の世界でも、武道でも、仏道でも、使われます。なぜそれが良いことなのか、私は究めたことがないので、よく分かりません。

虫とりは子どものころから続けていますが、例えば、虫の標本を作るだけで

も、自分が生きているうちには、終わらないと分かっています。

私が究めた、と感じる瞬間があるのは山登りです。頂上をゴールとするなら「山頂を究めた」ことになるからです。

登るのは大変ですね。息は苦しくなるし、脚は疲れてくるし、汗だくで肌もべたつく。頂上に着いて「また初めから登り直せ」と言われたら、絶対に嫌だなと思います。

でも登っていくと、景色もどんどん良くなりますし、頂上は確かに気持ちはいいんです。

もう少し生きていて頑張ったら、私も山登り以外に何かを究めるかもしれません。それを楽しみに、残りの人生を生きようと思っています。

DVD
レンタル
CD/DVD
♡
ムフ♡
世界のゾウムシ映像集
ムフフ♡
ゾウムシの世界
ムヘヘ…
虫マニアよ集まれ
ムシコーナー
ムシムシした夜はこの1本!
た…、宝の山だ こりゃたまらん
なぜこんなコーナーが…

すみません
これ、全部
いらっしゃいま…
え!?
養老せんせいですよね
自分も
虫が大好きで
勝手に虫コーナー
つくっちゃいました
これなんか
サイコーですよ
あんなとこや
こんなとこが
超どアップです
そうなの
そうなの?
あ、せんせい
メンバーズカード
よろしいですか?
ボク
はじめて利用
するから
持ってないの

ではお作りしますので身分証明書ありますか？
あーごめん、今は持ってないや
困ったな本人確認とれないと作れないんですよ
ボク、「本人」だけど
いや、証明するものが…
あ、えっと…ボクのこと知ってるつったっけ？
もちろんですよ大ファンですすぐわかりました
だったら本人確認できてるよね？
いやあ、本人でなくて証明するものが…
ボクだーれだ！
ハイ！よーろーせんせーっ!!
だから…
いや、いや、証明する方
えっと…ボクのこと知ってるんだよね？

第5章

社会の常識を疑う

「みんながそうだということが、必ずしもそうではないのです」

世間は突然変わる

1945（昭和20）年8月15日、つまり終戦の日、私は小学校2年生でした。

それまで大人たちは一生懸命に敵襲に備え、さまざまな訓練をしていました。「鬼畜米英」「本土決戦」「一億玉砕」という言葉がよく聞かれました。

8月15日が過ぎたら全てが一変しました。今度は「平和憲法」「マッカーサー万歳」です。子どもの私は奇妙な思いでそれを見ていました。世間はこういうふうに突然変わってしまうんだなあ、と。

その気持ちは私の中にしまい込まれていて、いつも表に出ていたわけではありません。でも長く生きてみると、分かってくることがあります。あの時以来、私は「何を信じたらいいか」、それを自分なりに探し続けたのです。だって世間はどう極端に変わるか、分かったものじゃないんですから。

医学を学んでも生きた患者さんを診ず、亡くなった患者さんを見るようになりました。なぜなら死んだ人の身体がどうなっていても、それは全て「私が見る」のです。そこで間違えても、間違えたのは自分です。誰のせいでもありません。

私が集団行動が苦手なのも、それです。みんながそうだということが、必ずしもそうではない。それをしっかり学んでしまったからです。

それがいいことだとは思っていません。でも時には必要なことだと思います。それに私のように思った人たちが、他にもいたに違いないのです。それは明治維新を、終戦の日の私のように、子どもで過ごした人たちです。江戸300年の伝統があっという間に消えてしまうのを見てきたに違いないからです。

そういうことは、またあるでしょう。いつになってもあるんでしょうね、きっと。

なぜ法律を守るのか

私は古い人間なので、「闇」と聞くと、すぐに闇市を思い出します。あるいは闇米。何のことやら、若い人には分からないでしょう。太平洋戦争のころから戦後にかけて、食料はお国に管理されていて、配給制度になっていました。しかし、それでは食べ物が不足するので、ルール違反のコメ（闇米）が出回っていたわけです。

戦後すぐ、山口良忠判事が「闇米は食べない」といって、飢え死にしたという出来事がありました。法律は守らなきゃいけませんが、守ると死んでしまうのでは、大抵の人は守らないでしょうね。私はそういう時代を知っていますから、今の人たちとは、法律についての感覚が違うかもしれません。こういう感覚は、正しいとか正しくないではなくて、どういう時代を生きたかの違いです。今は当時とは違って、世間が落ち着いていています。だから法律もきちんと守られることが多いんですね。

国会は立法府で法律を作るのが仕事です。国会で作られる法律はどんどん増えているようです。みんながきちんと守るから、増えるのかもしれません。

でも、法律は多い方が良いか、少ない方が良いか、昔から議論があります。中国には「法三章」という故事があります。秦の始皇帝の定めた法が厳し過ぎたというので、秦をほろぼした漢の劉邦が殺人、傷害、窃盗の三つだけを罰することにしたという話です。

ともあれ、法律は言葉できちんと書いてあります。闇に隠れてはいません。そこが、法律のいいところなのだろうと思います。「闇の法律」なんて、そんなものがあったとすれば、怖いではないですか。

なぜ働くのか

イソップ物語の「アリとキリギリス」は知ってますよね。

夏の間、アリさんは一生懸命に働きましたが、キリギリスさんはその間、歌を歌っていました。冬になって、キリギリスさんは食べ物がなくて困った、という話です。

でも、アリも働いてばかりいるわけではありません。ある説によると、一つの巣の中で、働くアリは2割といわれています。でも、その2割を巣から取り除くと、残りのうちの2割が働きだすというのです。

この法則が本当かどうか、私は知りません。でもありそうなことですね。ヒトの世界でも似たようなことが起こっているときがあるでしょ。お母さんが家であれこれ仕事をしているのに、お父さんは寝そべってテレビを見ている。でも、お父さんは普段、会社で働いているから、家で休むのかもしれませんね。今は、男女が逆のパターンもあるでしょう。

社会で、誰が本当に働いていて、誰が休んでいるのか、それが良いのか悪いのか、実はよく分かりません。

キリギリスも本当は、歌っているだけではないのです。なぜなら、子どもの間は頑張って一生懸命食べて育ちますから。大人になったキリギリスは子どもをつくればいいので、一生懸命にメスに歌いかけているのです。

セミもそうでしょ？　幼虫の間は何年も土の中にいて、一生懸命に育ちますが、成虫は短期間で死ぬ。親になったらえさも取らず、1日で死ぬ虫もいます。子どもさえ残せば、親の仕事は終わりだからです。

働くのは何のためか。社会全体を考えると、実は、なかなか難しい問題なんですよ。

なぜ花粉症になったのか

2011年は国際森林年です。なぜ「国際」なのかというと、木を切ったとして、それが発展途上国なら、その国で使うより、例えば日本に売ってしまうからです。高く売れるから当然ですよね。その国だけで森を守ろうといってもうまくいきません。だから国際的に相談するんです。

喜んで買ってくれるなら、切ってもいいのではないか。そうですけど、木が育つには年数がかかります。それを考えないで切ると、いずれ森が消えてしまいます。そうなったら、もう切る木がなくなってしまいます。

木を切っても、森ができるだけ元のままでいるようにするには、どうすればいいか。百年かかって育った木を1本切るとします。その分、1本植えたらいいだろ。そうはいきません。百年の木が1年目の木になってしまいます。あと百年は、その木は切れません。

実は1年目から百年目までの木が百本、つまりそれぞれ1本ずつあるなら、それでいいんです。1年に1本ずつ切って1本ずつ植える。全部切るのに百年かかりますが、百年目には最初に植えた木が百年の木になっています。これが森を維持するということなんです。

案外、考えるのが面倒でしょ。だから売れるなら、切ってしまうんでしょうね。日本もそうでつい切り過ぎてしまう。日本もそういう時期がありました。1970年ごろ前までのことです。それで大急ぎで杉を植えたから、国民が大勢、花粉症になりました。

森は一度に切ってはいけません。毎年育つ分だけ、切っていいのです。面倒くさがらないで、どうしたら森が維持できるのか、まずはそれをきちんと考えてくださいね。

男は役に立たない？

キリスト教で神様は父です。でもお父さんだけだと、何か不足なんでしょう。だからマリア様がいるのかもしれません。

私は5歳の誕生日の前に父親を亡くしました。小学生の時から父親がいなかったのです。その代わりをしてくれたのが大学時代の恩師でした。先生は小さい時に両親を亡くされ、おばさんの家で育ったそうです。

大学生の時の先生ですから、私はもう成人でした。でも人生全体として見たら、

まだまだ子どもです。そういう時期に尊敬できる先生にお会いできたのは、運がよかったなあと思います。

父親の大切な役目の一つは、子どもに社会との関わりを教えることでした。世襲の制度では多くは男が引き継ぎます。昔の「家制度」なら必ず、長男が跡継ぎです。これは男女平等に反します。

でも多くの国で社会制度が男系の相続になっていたのは、理由があるはずです。それは男が優れているからということではないと思います。もしかしたら、男はどうしても必要な存在ではない、からかもしれません。

母親はどうしても必要です。お産自体がそうですね。それに、育児が上手な男性も中にはいますが、一般的に父親だけで幼子を育てるのは難しいでしょ。生物的には、男がいらない場合の方が多いと思いませんか。だから、わざわざ社会的な役割を持とうとしたのかもしれません。

ちなみに虫には、雄がいないものがあります。雌だけで増えます。

男なんか不要。そうひねくれることもありません。せっかく生きているんだから、何か役に立つことをしたらいいではないですか。

パクリはいけないこと？

「擬」という字は、17画あります。漢和字典で引きにくいのは、画数が多くて数えにくいからなんですねえ。

この字を「モドキ」と読むこともあります。モドキというのは、それらしくしたまがいもの、にせものという意味です。

虫の名前にはモドキがいくつかあります。甲虫ならカミキリモドキ、アリモドキ、クワガタモドキ。アオカミキリモドキは普通にいる虫で、わが家の明かりにも飛んできます。体に毒を含んでいて、つぶすと皮膚に水ぶくれができますから、つぶしてはいけません。

関係のない虫が似たような形になることを、「擬態」といいます。様子が似ている、という意味でしょうね。東南アジアにいるコノハムシは、木の葉にそっくりです。虫食いの痕まで似ていて、さらに凝っているのは、個体ごとに虫食いの痕の形が違っているんですよ。そこまでまねしなくたっていいのにねえ。

アリに擬態した虫はたくさんいます。クモならアリグモです。たぶんアリは他の虫にとっては強敵なので、アリのふりをしていれば、安全なのかもしれませんね。これもまねの効用の一つといえます。

蜂のまねをしている虫もあります。アシナガバチやスズメバチは黄色と黒のしま模様です。同じ色の組合わせ模様はハナアブにもあります。蜂は刺すけどハナアブは刺しません。でも蜂だと思って逃げる人は多いですよね。トラカミキリも同じような模様です。

擬態はヒトの社会にも実はあります。お互いに理解が進むと、擬態が出てきます。まねをして上手に得をするんです。

放射能の影響はどのくらい？

放射能は難しい話題です。大人だってよく理解しているとはいえません。そもそも目に見えない、音もしない、匂いもなければ、触れもしません。感覚で捉えられない、こういうものは、日常の普通の世界では「ない」と同じです。そういうものが健康に害を与える。そこが理解しにくいところです。もちろんカウンター（線量計）を使えば、放射能を感知して音が出たり、メーターが振れたりします。それでもメーターが壊れていたり、狂っていたらどうでしょう。自分で確かめようがないじゃないですか。

健康に害があるといっても、弱い放射能なら確率上の問題です。確率は高校でも数学で習うのは高学年で、だから分かりにくいでしょうね。

例えば放射能を浴びて、千分の1だけ病気になる確率が上がったとします。千分の1高くなっても、普通はあまり気にしないでしょうね。私は気にしません。

でも政府の立場に立つと、話が違うのです。千分の1でも病気になる人が増えると、それが日本人全体に関係するなら、10万人が病気になる結果になります。これなら多いでしょ。

だから「安全率」といっても簡単ではないのです。個人なら千分の1は無視できても、大勢になるとそうはいきません。しかも普通の人がこれをよく理解するかというなら、無理でしょうね。少なくとも、相当な手間と時間をかけて調べなければ、実際にどんな害が出るか分からない。

なぜ答えが出せないんだ、と怒ってみても仕方がない。人間の体の働きなど自然現象には、実ははっきりしないことが多いのです。人間の頭の中だけなら、話はすっきりする。でもそれは「そんな気がする」だけのことなのです。

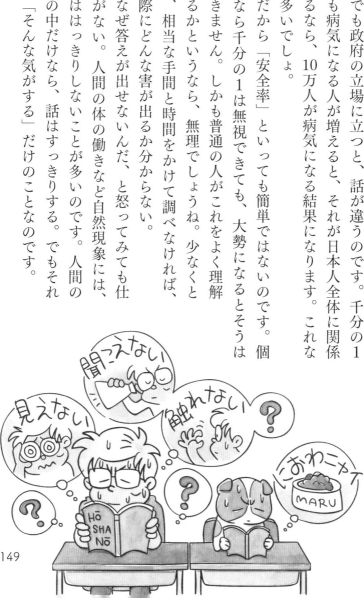

動きがゆっくりな社会

古い。この字を見ると、ああ、俺のことだなと思うようになりました。もう80歳ですからね。

初めは新品だったはずだと思うんですけど、古くなりましたねえ。どうせのことなら、どこまで古くなれるか、頑張ってみますか。

古くなると、しみじみ思うことがあります。自分程度に古くなったものがいい。逆にいえば、新しいものが苦手になります。

オリンピックに備えて東京のホテルがどんどん新しくなります。そんな所に行くと、どうも落ち着かない。そりゃそうですよ。ピカピカの新しい環境に、古くなった爺さんが座っていると、似合いませんからね。

外から見て似合わないだけではありません。本人も疲れるんです。新しい環境に自分を合わせるには、体力がいります。

私の母親は、年を取ってからは、いつも居間に座っていました。そこにテレビが置いてあって、それを見てました。ある時、部屋のもよう替えをしてテレビの位置を10センチくらい動かしました。そうしたら怒るんです。元に戻せって。

テレビが10センチでも動くと、それに合わせて自分を変えなきゃなりません。若い時はそんなこと、何でもない。ところが年を取ると、その程度でも疲れるんですね。それが体力がなくなったということなんです。

今、日本は超高齢社会です。お年寄りが増えたわけです。そうなると、やっぱり社会全体の動きがゆっくりになるんだと思います。その善しあしは簡単にはいえません。でも若い人の邪魔をしてはいけません。それが年寄りの自戒です。

「困らない」を疑え

富士五湖の一つ、西湖で、クニマスという魚が見つかって、ニュースになりました。この魚はもう絶滅した、つまり日本からいなくなったと思われていたのです。

こういう生き物は実はたくさんあります。鳥ではトキがそうです。時々、報道されるから知っていますよね。

こういう大きな生き物は目立ちますが、虫がいなくなっても、ほとんどの人は気にしません。そもそもいるのかどうか、それも分からないことが多いんですからね。

そんなものいなくなっても、誰も困らないのではないか。実はそうなんです。みんながどこかでそう思っているから、結局はいなくなるんですよね。

現にクニマスなんて長い間いなくなったことになっていて、それで誰も困っていなかったじゃないですか。それならこれからまた本当にいなくなっても、やっぱり誰も困りませんよね。

突然ですけど、マリー・アントワネットを知っていますか。フランス革命の時の王妃様です。夫のルイ16世と一緒に処刑されました。革命の前に、市民は食べ物にも事欠くようになって、毎日食べるパンがないという騒ぎになりました。そうしたら、マリー・アントワネットが「パンがないなら、ケーキを食べればいいじゃない」と言ったという、有名な話があります。王様や貴族は、庶民が本当に困っているのが理解できなかったという話です。

皆さんはどうでしょうか。パンがないならケーキでいい。魚や鳥や虫がいなくなっても、人間がいればいいじゃないか。本音ではそう思っていませんか。

都会と田舎の参勤交代

江戸時代に、参勤交代という制度がありました。大名たちが一定期間、江戸に住んだり自分の領地に住んだりすることを義務付けていたのです。

もちろん移動するのは大名だけでなく、大勢の家来を引き連れていましたから、地方と都会を多くの人が絶えず行き来していたことになります。

この制度の本来の目的は、地方の大名の反乱を防ぐことだったといわれています。それとは別に、大勢の人が都市と田舎を行ったり来たりすることが、社会そのものにどういう影響を与えたのでしょうか。私は、きっと大きな効果があったに違いないと思っています。

現代の日本では「都会に住まないと仕事にならない」「仕事ができない」などと言って、どんどん人が都会に集中するようになりました。その結果、多くの人が東京を中心とする都会に住んでいます。

私はかねて、それが必ずしも良いことではないと思ってきました。なぜなら、都会に住むと、日常が自然から離れてしまいがちになるからです。

最近は都会が地震などの災害に弱いと考えて、地方に移住する人が増えたようです。「どうしても都会に住まなきゃならない」というわけではなかったようですね。新型コロナウイルスの影響で、地方に住もうとする人は今後、もっと増えると思います。

都会に住むのも必要だし、自然に触れることも大切だ。それならみんなで都会と田舎を参勤交代したらどうだろう。私はそう思いました。それがそれぞれの人のためであり、たぶん社会のためでもありま す。田舎に住めば、イヤでも自然と付き合わなければなりません。人々の健康の上でもそれは大切なことです。子どもたちも自然の中で元気に育ちます。

「競争」と「共生」

「弱肉強食」という言葉があります。生き物の世界では、強い者が弱い者を食べてしまうというわけです。「生存競争」という言葉もあります。生き物の世界は厳しい。こういう言葉だけを見ていると、そんな気がしてきます。

私たちの体は10兆の桁の数の細胞からできています。一つ一つの細胞の中には、ミトコンドリアという小さな器官がいくつも入っていて、糖を燃やしてエネルギーを作るという、大切な働きをしています。

実はミトコンドリアは、私たちの細胞ができてきた古い昔に、私たちの細胞にすみ着いた、細菌に似た、別な生き物だということが分かっています。なぜ分かったかというと、ミトコンドリアは自分の遺伝子を持っているし、生きていくためのいくつかの道具も備えていて、それが細菌が持っているものに似ているからです。

細胞が分裂するときには、「中心体」という構造が働き、そこから「紡錘糸《ぼうすいし》」がのびてきます。動く細胞が備えている「繊毛《せんもう》」や「鞭毛《べんもう》」も、中心体からできてきます。この中心体もミトコンドリアと同じように、別な生き物だったらしいのです。でも今では私たちの細胞には欠くことのできない一部になっています。

光合成をする「葉緑体」も、中心体と同じです。乱暴にいえば、葉緑体がすみ着いた細胞が、後に植物になっていくわけです。

生物の世界にはこういう「共生」の例は数限りなくあります。決して弱肉強食のような生存競争だけではありません。

人間社会にも国や人と人、会社間などさまざまな弱肉強食があります。

「生存競争」と「共生」と、どちらを重くみるか。それは社会の状況によります。

皆さんは、どちらがより大切だと思いますか。

ようろう たけし 5才
犬のフンに群がる虫を見続ける子どもだった
あれから78年—
養老孟司 83才
ムム…
変わってない！
とんでもない！
人間は日々変わっているのだ

細胞レベルで見れば人間の成分は7年間たったら全部入れ替わるんだよ
えー
6
5
4
3
2
1
11
10
9
8
7
ボクなんか、もう11回もとっかえてるのさ
日々変わるといえば今の社会は情報があふれていて…
それこそ毎日情報が変わっていると思っているでしょ
でも実は情報って変わらない
ジャーン!
世界のゾウムシ映像集
この前借りたこのDVDいつどこで再生しても同じでしょ
ジー…

情報は変わらないで
変わるのは自分
勉強をして
新しい情報を得ると
世の中の見え方が
変わるでしょ？
たとえば
この犬のフンだって
虫を知らないうちは
「汚い、気持ち悪い」
としか思わないけど
虫を勉強したあとは
「この虫は糞虫、
タマオシコガネだ」
って見えてくるでしょ
恐れずに
一歩踏み出せば
世界が変わるのだ
グチャ
あ！

第6章

不確実な時代をどう生きるか

「世界が変わるのではありません。自分が変わると、世界が違って見えるのです」

退屈な世界を変える方法

新しいものには、動物はすぐに反応します。赤ちゃんが生まれて病院から家に連れて帰ると、飼い猫がいろいろな反応をします。最近、猫は人気のようなので、インターネットで探せば動画を見ることができますよ。

人も同じです。都会にいると、周囲に人がいるのは当たり前ですから、あまり反応しなくなります。でも山の中とか、本当の田舎では、見慣れない人を見ると、誰でも反応します。つまり、好奇心です。新しいものを見ると、どうしても正体が知りたく

なる。いったい何なのか。どこの誰なんだ。

年を取って、世界を見慣れてくると、なかなか反応しなくなります。ある意味、世界が当たり前で満たされてくるわけです。もし、若いうちからそうだとしたら、注意してください。そこには何かの問題がある、と思うからです。

子どもはどんどん育ちます。別な表現をすると、自分がどんどん変化するわけです。自分が変わると、世界が変わります。いや、本当は世界が変わるのではなくて、自分が変わるから、世界が違って見えるのです。

子どものころに遊んでいた路地に、大人になってから行くと、ずいぶん狭く感じることがあります。小さい子どもにとっては、路地は広かったんですが、大きくなった自分には狭いのです。

世界は見慣れたものばかり。実はそれは、自分自身が変わっていないということでもあるのです。つまり、自分が育っていないということです。新しいということは、周囲が新しくなるということだけではありません。自分が新しくなる、ということでもあるのです。

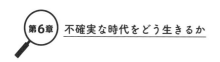

遊びながら生きる

遊びの主役は子どもです。でも、もう一つ、機械などを組み立てるとき、きっちり作り過ぎず、部品と部品の間にちょうどよく余裕を持たせることも「遊び」といいます。「遊び」がないと、使いにくい道具もあるんです。

「遊びをせんとや生まれけむ」。歌謡集「梁塵秘抄《りょうじんひしょう》」にある歌の一部です。これは当時の民衆の間ではやった歌などを集めていて、面白い。後白河法皇の時の本だから、源氏や平家が戦って

いた時代です。

私も80歳を超えましたが、暇があれば遊びたいし、遊びます。何をするって、まず虫です。肌寒い春先に虫とりに出かけ、花粉症になりました。私は寒さと花粉が一緒にくると、花粉症になるのです。

家では顕微鏡で虫を見ています。研究する人もいますが、私には遊びです。それで給料を貰うわけでなし、何かの役に立てるためにやるわけではありませんからね。

ゲームも好きです。長年、同じゲームをやっています。でも成績がその度に記録されるので、自分が進歩しているのが分かります。80歳を超えても、自分の記録を超すことができるのです。

運動ではこれはできません。35歳が身体能力の限度といわれています。確かにその年を超えて現役でいられる選手は少ない。私もすっかり年を取ってしまったので、これからできることは何だろうと考えます。

ゲームみたいに、年寄りでも上手になれる遊びはいくらでもあるんです。だから、私は虫をとり、標本を見ているんでしょうね。

人生は絵画

子どものころから絵を描くのは苦手です。描くのが嫌いなのではありません。思ったように、上手に描けないんです。

小学生のころ、なぜかお絵かき教室に行かされました。母親が何か考えたんでしょうけど、理由は知りません。描いた絵を家に持ち帰ったら、家族がみんなであれこれ言いました。

お日さまが紫色に塗ってありました。それを見て、誰かがこれは問題だと言いました。何が問題か、よく分かりませんでしたけど、今考えれば、心に問題を抱えているというように思われたんでしょうね。

おかげで教室には1回行っただけで終わりました。座って絵を描いているより、川に行って魚をとる方がずっと面白かったんですね。

これは子どものころの小さな体験です。でも絵を描くことは、心を表すこと、それはこの時に教えられたと思います。

中年を過ぎてから、人生って絵を描くようなものだという気がしてきました。地位も財産も才能も、ある人もない人もいます。絵の具や額縁が、たとえ高価な物でなくても、それを精いっぱいに使って、それなりに完成した絵を描こうとする。それが人生じゃないの。

何だか偉そうなことを言っているみたいですが、こういうふうに思えば、楽ではないですか。人生は自分なりの作品です。国宝級の絵ではないかもしれないけれど、その人なりに完成するはずの絵です。絵の良さに比べて、額縁が今一つ、という人もいます。額縁は立派だけれど、絵は果たしてどうかなあ。

そんな人、毎日テレビで見ているような気もしますけどね。

人生は修行

人生は修行。そんな言葉を聞いたこと、ないですか。修行って、何でしょうか。お坊さんが滝に打たれたりするのを、よく修行といいます。そんなことして、何になるんでしょうね。そもそも滝に打たれたり、断食したりしたって、誰にも関係ない。

でも年を重ねると、分かってくるような気がします。修行でお金が儲かるわけではない。道路ができたり橋ができたりして、みんなが助かる、そういうことでもない。では、何なのかしら。

修行で「できてくる」のはその人です。つまり

修行の結果がその人になるわけです。だから修行の結果の「作品」がその人なのです。

人生を1枚の絵を描くことに例えてみましょう。誰の人生だって、1枚の絵と考えることができます。死ぬまでに完成するわけです。もちろん未完成の場合もあるでしょうね。

でも、ともかく1枚の絵と考えたときに、その絵をどう描くか、それはその人に任されています。画板が安物だし、絵の具もあまりないよ。それでも絵は描けます。その意味で人生はその人の作品であるわけです。

その作品を、できるだけ良いものにするには、どうすればいいか。だから修行なのです。自分を作品と考えたら、その作品をちゃんとしたものに仕上げるには、どうしたらいいか。修行の結果、できてくるのはその人です。だから「できた人」っていうでしょ。

どんな人生も、それぞれそれなりに立派な作品になる。私はそう思うのです。そのために必要な準備を、昔の人は修行と呼んだのではないでしょうか。

人生は偶然

長年生きていると、運の大切さを感じます。でも運だから、いくら大切に思っても、どうしようもない。そう思うだけです。

同じ運でも「運命」は、人生の成り行きが既に決まっていたと感じたときなどに使いますね。「こうなる運命だった」と。ただの運より大袈裟に聞こえますが、どちらも人の力ではどうしようもない点で同じです。

子どものころ、病気がちでした。戦争中に東大病院で手術を受けました。今思うと、よく助かったなあ、と感じます。母が医者だったので、十分な医療が受けられたことも幸いでした。若い人には想像もつかないでしょうが、物がない時代

で、病院の食事だけでは飢え死にするのではないかと思われるほどでした。数年前、ラオスで飛行機に乗りましたが、その機体は帰りに墜落してしまいました。行きと帰りが違っていたら、私はもういません。気付かないけれど、人生はそういうことがよく起こっているのだと思います。

虫をとると、しみじみ運を感じます。屋久島（鹿児島県）に2回、あるゾウムシを探しに行きましたが、2回ともとれませんでした。まだ運が付いていないんですよ。でもまだ頑張ります。

そうかと思うと、探してもいないのに珍しい虫がとれてしまいます。ある時、箱根（神奈川県）の家の玄関先で、私が長年探していた虫を拾ってくれた人がいました。何とうちの庭にいたんですね。実はあちこち歩き回って探していたんですけどね。灯台下暗しの典型ですよ。

運は、偶然といい換えることも可能です。偶然は面白いもので、年を重ねることに面白くなります。自分の人生がいかに偶然につくられてきたか、それが分かるような気がするのです。

運をよくするもの

恩師という言葉は、今の若者の間でも、まだ生きているでしょうか。ほとんど死にかけているかもしれません。使われなくなった言葉は、死語といわれます。恩も師も、言葉としては古くなった気がします。大学時代の私の先生、つまり恩師は「仰げば尊し」を歌うと、少し嫌そうにしていました。照れくさかったのかもしれません。その後に続くのは「わが師の恩」ですからね。

年を取ると親や先生のありがたさが分かるようになります。まあ、そう思わない人もいるかもしれませんけれど、それはそれで仕方がない。

良い師に出会うのは、幸運かもしれません。これも年を取ると、しみじみ思うようになります。今まで生き延びてきたんですから、それだけでも運が良いというしかない。病気や事故を含めていろいろ危ない目に遭ってきましたからね。先日、90歳を超えた姉に会ったら、あんたは子どもの時は病気ばかりしていたから、（数えで）80歳まで生きるとは思わなかったと言っていました。

私は小学校の低学年で東大病院に入院して手術を受けました。戦争中でしたから空襲があって、病院の窓ガラスがビリビリ震えていたのを覚えています。近くに爆弾が落ちたのだと思います。疫痢にもなりました。祖父母と叔母は赤痢で死にましたが、幸い私は生きています。

父親は私が4歳の時に死にました。だから私は、その恩師を父親と思っていたのかもしれません。今になると、そんな気もするのです。良い先生に会えるのは運だと書きましたが、ただの運の良しあしではありません。運を引くのは自分です。そのことをよく考えてくださいね。

それができないのが人生

生きていると、いろいろな人に出会います。人だけではありません。今年の夏は北海道でヒグマに会いました。でも私は車の中で、相手は子熊でしたから、怖くありませんでした。かわいかった。

一期一会という言葉があります。お茶、つまり茶道でよく使われます。どんな機会であれ、生涯に一度しかない。そう思ってその時を一生懸命に努めなさい。そういう意味だと思います。

でも若い人なら、どうせまた似たような機会があるさ、と思うのではないでしょうか。私は年寄りですから、旅行に行くと、生きているうちにはもう二度と来る機会がない、とよく思います。日本の中でも、また行きたいなあ、と思う場所がいくつもありますが、生きているうちに行けそうもありません。

人もそうですね。会いたいなあ、と思っているうちに亡くなったという知らせがあったりする。その時に残念だと思うくらいなら、会いに行けばいいんですが、それがなかなかできないのが人生です。今はメールがありますから、私の年齢になると、最後はメールのやりとりだったりします。昨年亡くなった親友がそうでした。メールでは通信していたのですが、顔を見損ねた。今でも残念です。

毎年、忘年会や新年会をやっています。これも実はそのためです。いつこの世からいなくなるか、分からない。それなら年に一度は会っておこうか。決めておけば、とりあえず、その日には会えるわけです。

若いうちは関心がないかもしれません。どうせまた会う。そうはいかないんですよ、実は。

思い出の意味

時間があると、虫の古い標本をチェックしています。古い標本で手入れが悪いと、湿度が高い日本では、必ずといっていいほどカビが生えます。以前はカビが生えた標本は捨てたりしたのですが、それはとても残念です。虫もかわいそう。だから今はカビを取り除く作業をしています。

洗剤も質が良く、超音波洗浄器も低価格で手に入るようになって、標本のカビ取りが楽になりました。世の中の進歩を痛感します。でも古い時代を知らない若者には、この便利さは分からないかもしれませんね。

古い標本といえば、私の場合、1950年代からの物があります。私は中学生でした。さすがに小学生の時の標本は残っていません。虫に食われたり、カビが生えて捨てたようです。

中学のころの採集品を見ていると、いろいろな思い出が浮かんできます。自分

で虫をとって標本にしておくと、そういう楽しみができます。これは年を取らないと分からないわけです。若者には大きな未来があるので、思い出なんて、いらないでしょうからね。

でも長い将来のことを思うなら、こういう思い出を持つことをお勧めします。旅行に出ても、虫や植物に関心があれば、周囲に興味が湧きます。関心がないと、ただの木だったり、草だったり、虫だったりする。それでは何も残りません。

今日も古い標本を見ました。この虫は鶴岡八幡宮の池の端の藤でとったなあ。あの木はどうなったかしら。まだ生きているに違いない。こうして一つ一つの物に、いろいろな思いが付いて、世界が豊かになっていくのだと思うのです。

旅が教えてくれること

旅には二つ、良いことがあります。一つはもちろん、知らない土地を訪ねて新しい物事を知ることです。もう一つは、旅に出ると、自分が変わることです。

えっ？　自分は自分で、いつも同じじゃないの。そう思うかもしれませんね。でも、場所を変えると、体の具合が微妙に違ってきます。

どう違うんだろ？　そう聞かれても、何しろ「ビミョー」ですからね。簡単にはい

えません。ちょっとしたことが違ってくるわけです。

よく土地の名物がありますね。美味しい物とか。あれをお土産に買って家で食べると、思っていたほど美味しくない。そういうこと、ありませんか。「名物にうまい物なし」といいますが、実はそのことも関係しているのかもしれません。

特にお酒のように、嗜好品といわれる物がそうではないか、と私は思います。旅に出て、気候や風土が変わると、自分の好みがちょっとずれてくるんです。その土地のお酒は特別に美味しく感じられるんです。私は酒飲みではありませんけど、何度かそう思ったことがあります。

喘息という病気があります。昔は、喘息の患者が転地療養を勧められることがよくありました。違う土地に移ると、しばらくは発作が起こりにくくなるんですね。これは喘息に限りません。良い治療法がなかった時代の結核もそうでした。空気が良く、気候が温暖な場所に移るように医者が勧めたんです。

自分の体の具合は案外、自分で分からないんですね。旅はそれを教えてくれるんです。

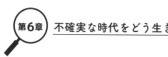

中村哲さんのような生き方

アフガニスタンで2019年12月、中村哲さんが亡くなりました。殺されたんです。中村さんは医師でした。でも登山が好きで、チョウも好きでした。モンシロチョウはどこにでもいるチョウです。幼虫はキャベツなどの野菜を食べるので、世界各地に広がりました。

モンシロチョウの祖先がいるかもしれない、中村さんはそう思って、登山隊の一員として、パキスタンに行きました。

その後、パキスタンのペシャワルに医師として赴任しました。やがて活動する地域が、山岳地帯や、隣国のアフガニスタンから来た難民のキャンプに広がっていきました。そうしているうちに、アフガニスタンの事情が分かってきました。

政治情勢が不安定なのは、難民が増えたからです。それと当時、干ばつが続いて、小麦畑が作れなくなっていたのです。それで、住む土地を離れた農民が

100万人にもなった。中村さんは、それなら用水路を造って水を引けばいい、と考えました。

募金をして、お金を集め、江戸時代に日本でやった単純な方法で、川に取水堰を造りました。用水路ができたおかげで、大勢の人が村に戻れるようになりました。それなのに、中村さんは殺されたのです。

なぜかって、私にも分かりません。その土地の人のことを真剣に考えて手伝った。人間社会は難しくて、そうした活動をすると、殺される場合もあるんですね。中村さんは自分がいずれ殺されると知っていました。自分でそう言っていたからです。

本当に人の役に立つとは、どんなことなのか。中村さんのような生き方を指すのかもしれません。

普段気付かない大事なこと

たくさんの学校が休みになりました。学校だけではありません。いってみれば日本中、いや世界中が病気になって、仕方がないからみんなで休んでいる。そういう状況。

こういうことは、初めてです。私は80年以上、生きてきましたが、本当に初めて。おかげで休んで、毎日ゆっくり虫の標本を作っています。これまで綿に入れて、さらに紙に包んでしまっておいた虫たちを、包みから出して、きちんと標本

にするんです。

これまでも時々やらなくてはと思っていた作業ですが、やる時間がなかった。それが急にできることになりました。新型コロナウイルスがなければ、今ごろは台湾辺りに虫をとりに行っていたはずですが、行けません。それなら、ということで、以前からやり残していたことをやっています。

つまり余裕ができたんですね。ということは、これまで余裕がなかったということになります。しかも私本人は、余裕がなかったことに気が付いていなかったんです。普段通りにしている、と思い込んでいました。

「余裕がある」というのは、大人の場合、大抵はお金のことですね。貧乏なら「余裕がない」といいます。子どもだったら勉強でしょうかね。できる限りの勉強はしているつもりだけれど、成績が良くならない。

忙しい人は時間の余裕がない。きまじめな人や悲しんでいる人は、笑う余裕がない。病気の人は元気に動き回る余裕がない。そう考えてみると、余裕って大事な言葉ですね。余りが裕かにある。君も探してみたら、きっとどこかに余裕はあるはずですよ。

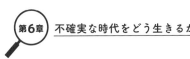

振り返れば、あっという間

喜んだらいいのか、悲しむべきなのか、よく分からない。そういうことって、ありますね。

というより、何事も結局は、そういうことなのかもしれませんね。いいも悪いも、見方次第ですから。

新型コロナウイルスで外に出られない。おかげで私は、たまった虫を標本にする時間ができました。いつかできたらと、紙包みの中に入れていたのですが、その時間ができてしまいました。

虫ピンを刺せばいいというだけではなくて、これまでに集めた何万匹もの新しい標本を、箱に入れていきます。分類しなければいけませんから、だいたいの種類を見分けながら、どの標本箱に入れるかを決めなければいけません。箱からはみ出すと、間隔を少し変えて並べ直したり、別の標本箱に移動させたりする必要も出てきます。

こんなふうに、新しい標本が入るのはうれしいのですが、その後が大変。うれしいような、うれしくないような。並べたら、次は虫の名前を特定する。これはもっと手間がかかります。「研究」になってしまいます。まだ名前がない虫もたくさんあるので、これは新種として名前を付けます。そうなると論文を書くことになります。

というわけで、いつの間にか、どんどん時間が過ぎます。大げさなようですが、人生ってそういうものでしょうね。仕事が仕事を生んで、次々に膨らんでいきます。気付いたら、80歳を過ぎていました。何度も喜んだり、悲しんだりしていますが、振り返ればそれもあっという間。時間は、自然に過ぎていきます。

そう思えば、別にあれこれ心配することなど、ないのかもしれませんね。

世間が偏っているとき

「好きこそものの上手なれ」といいます。習い覚える技術も、好きであれば、より上手になります。ただし「下手の横好き」という言葉もありますから、好きなら十分というわけでもないんですね。

論語では「これを好む者はこれを楽しむ者にしかず」といっています。好きなだけではなく、それを楽しんでやる人にはかなわない、という意味だと思います。

私の人生を振り返ってみると、確かにそうだというしかありません。好きでやっているつもりでも、楽しんでいなければ、どこかに無理がきてしまいます。体を壊すとか、周囲の人に心配をかけるとか。

やっていることが本当に楽しければ、本人にはストレスがありませんから、周囲も見ていて安心です。そういうことって、周りの人にはよく見えているんですよね。

夢中で何かやっていて、親に注意されたことはないですか。本人は何ともないのですが、周囲からすると「大丈夫かな」と心配になる。そういうとき、どこかバランスが悪いんでしょうね。

でも「ちょうどいい」は難しい。世間が偏っているときは、自分は普通と思っていても偏って見られます。「普通」は、世間の標準だからです。好きなことをしていて、世間から偏っていると見られたときの大切な基準は「これを楽しむにしかず」だと思います。無理なく楽しんでいるなら、それでいいのです。

でも、夢中になって興奮し過ぎると、ちょうどいい加減が分からなくなりますね。自分のちょうどいい状態を覚えていくことが、大人になるということなのかもしれません。

第7章

特別講演
「変化するとき」
（福島県立浪江高校の生徒へ）

特別講演「変化するとき」（福島県立浪江高校の生徒へ）

講演会が実現した経緯

福井県越前市に田中静材木店という会社があります。社長の田中保さんは、養老さんと親しく、よく虫とりにも行きます。2011年3月11日、東日本大震災が発生し、多くの人が亡くなりました。津波で家と家財を失い、仏壇も流されて、亡くなった家族に手を合わせることさえできない人もいました。

「木材を扱う私にできることは何か」。田中さんは考えました。養老さんにも相談し、木の板と試験管とアクリル板を材料にして、簡易的な「仮設仏壇」を作ることにしました。現地のお寺を通じて募集すると、4千セットほど申し込みがきました。想定よりも大量の要望でしたが、田中さんは全て引き受けました。

会社では人手が足りないので、全国の工業高校や刑務所に相談して高校生や受刑者に作業を手伝ってもらいました。福井県木材組合連合会、越前市の市民グループ「自然と暮らし隊」も、力を貸してくれました。

一番困ったのは、会社の仕事ができず、材料費や送料などの諸経費が計1200万円ほどかかることでした。その支払いで、会社の経営は次第に逼迫していきました。

田中さんは社員と、仕事を終えてからの夜間、ほとんど毎日のように作業を続けました。休日は自宅を開放し、自然と暮らし隊のメンバーが手伝ってくれました。

そんなある日、新聞記者が取材にやってきました。仮設仏壇の運動が紙面に掲載されると、全国から寄付金が集まりました。田中さんは「あの時のことを思うと、涙が出てくる」と振り返ります。

寄付金の総額から材料費を引くといくらかお金が残りました。「この余った善意のお金を、どう使おうか」と、田中さんは再び考えました。

震災で大きな被害を受けた学校に、福島県立浪江高校があります。生徒の中には、自宅が流され、友人や親族を失った人もいました。東京電力福島第1原発事故が発生し、警戒区域にあった浪江高校の生徒たちは圏外への避難を強いられました。彼らは二本松市の県立安達高校に間借りしてサテライト校として授業を続けていました。

福井県は、日本でも数多くの原子力発電所を抱える地域です。田中さんは他人ごとと思えず、浪江高校の生徒に養老さんの話を聞いてもらい、心の支えにしてもらおうと考えました。寄付の余剰金は、この講演会にかかる関係者の交通費などに充てることにしました。

もちろん、養老さんも喜んで引き受けました。浪江高校の生徒に向けた講演会「変化するとき」は、安達高校の体育館で震災から約1年後の2012年3月5日、こうして実現しました。以下の文章は、その時の講演を書籍化にあたって再構成したものです。

（大津薫）

どうも皆さん、こんにちは。養老です。

私、中学生から高校生の時、よく福島に来ていました。姉が福島にいて、よく虫もとりました。須賀川にある「ムシテックワールド」の館長をしていますので、ここ10年はその用事で来ます。「福島虫の会」の人たちと、去年、おととしは日の岩とか、立岩辺りで虫をとりました。今年も元気なら行こうと思っています。

今日は「変化するとき」という、お題をいただきました。人の一生で、同じ日ってないんですよね。皆さん、毎日食事しているでしょうけれども、食べた物はエネルギーになりますが、体も作ります。体を作る物質は毎日、少しずつ入れ替わりますからね。どう考えればいいかというと、例えばこの学校の校舎は何十年か前からありますよね。仮に20年前からあったとする。20年前の学生は今、この校舎から完全にいなくなっているでしょう。皆さんの体も同じですよ。10年前の皆さんの体を作っていた物質で、今残っている物はほとんどありませんよ。なぜかといえば、入れ替わっているからです。髪の毛を考えたら分かりやすい。男の子なら年中、床屋に行って散髪するでしょ？　伸びるのは髪の毛だけじゃなくて、細胞を作る物質、例えば、タンパク質なら3カ月くらいたったら入れ替わってしまいます。そうやって新しい物をしょっちゅう作っているわけです。

「方丈記」

われわれの体にある細胞は、約60兆個といわれています。なぜ私みたいに年を取るのか。それだけの数の物を常に入れ替えるということは、どうしてもきちんと元通りにすることはできません。それだけの細胞や成分が絶えず入れ替わっています。たまたま入れ替われなかったり、故障したりすることは、いくらでも起こるはずです。それが年を取ることだと思ってください。だから年を取ると、がん患者が増えるんですね。ということは、私たちの体は、毎日、変わっているのです。

校舎はいつもそこにある。学校に限らず、会社でも、政府でも変わらずそこにある。だから自分のことについても、つい同じように考えて、「同じ自分」がずっとある気がしますが、それは思い込みです。逆にいうと、学校に限らず、会社でも、政府でも、昨日の君たちと、今日の君たちではどこか少し違っているわけです。でも、普段はそういうことに気が付かない。私の年になると、嫌でも気が付く。信じられないでしょうが、私も君たちぐらいの時があった。もっと遡って、赤ん坊の時代もあった。でも生きていたら、いつの間にか白髪のじいさんになってしまいました。

鴨長明の「方丈記」は、そのことを書いているんですね。

ゆく河の流れは絶えずして、しかも、もとの水にあらず

鴨長明は京都の人ですから、あれはたぶん、京都の町の真ん中を流れている鴨川の話をしている。鴨長明がタイムマシンに乗って現代へやってきたら「まだあるじゃないか」と言うはずです。

川は、見ているそばから水が入れ替わっていきます。君たちも鴨川と一緒なんです。自分の体は絶えずして、元の体ではない。入れ替わっている。でも、自分

たちはそう思っていない。どうしてそうなるかというと、われわれの頭、つまり脳みその働きに理由がある。人の意識が持っている典型的な癖というのは、全てを「同じ」にしようとするんです。普段あまり考えないことでしょうが、「同じ」って何なんですかね？

こうやって見渡すと、浪江高校と安達高校と、生徒さんが大勢いますが、同じ人はいません。それは、そうでしょ？　全部が違う人に決まっています。では、その違う人、皆さんの一人一人の昨日と今日を比べたら果たして同じかというと、実はもう違っているんですよね。1日だから、違いは少しだけかもしれないけれど、赤ん坊が70年たったら、私みたいな、白髪になる。その私の中に、赤ん坊の時と同じ物がどこに残ってますか？

例えば、この机です。昨日と同じ机だとみんな思うでしょう？　私は今、わざと触って叩きました。たぶん、少し私の手の脂が付きました。それだけでも、昨日とは少し変わっています。宇宙から飛んでくる粒子を宇宙線といい、これは放射線の一種です。放射能って別に福島の原発だけでつくっているわけではない。宇宙に自然に飛び交っていますから、地球にある物にだって、しょっちゅう当たっているんですね。そうすると、机が徐々に傷んでくる。だから、古くなる。ひとりでに傷んできます。何も放射線だけの問題ではなくて、気温が変わればその影響を受けて膨張したり、収縮したり、肉眼では気付かないけれど、それを長年やれば、机はだんだん傷んできます。同じ机と言っているけれど、丁寧に見たら、決して同じ物ではない。

「同じ」とは何か

それでは「同じ物」って何ですか？　たぶん君たちは普段、そう深くは考えないで「私は私」「同じ自分」と思っているでしょう。本当は変化しているのに。それはなぜか。先ほどもいいましたが、ヒトの脳、つまり意識の働きは、実は「同じだ」と思う方向に向かうのです。何を言っているのか分からないと思った人もいますね。でもこの「同じ」という働きは、人の意識が持つ、おそらく一番強い働きなのです。

他の動物は「同じ」ということは考えません。少しは考えるでしょうけど、ヒトのようには考えない。なぜかというと、動物は言葉を使わないからです。どうして「同じ」と「言葉」は関係があるの？　それは、言葉というものが持つ性質に関係があります。言葉は、言葉で表現した途端、物事を同じにしてしまうんですよ。つまり、こういうことです。君たちは、本当は全部違う人なのに、言葉にするとどうなるかというと、「安達高校の生徒」とか、「浪江高校の生徒」になってしまいます。あるいは、もっと乱暴にまとめれば、ただの「人」になってしまう。「人」という言葉は、ここにいる人たち全てを「人」にしてしまうんです。つまり全てを「同じ」にしてしまう。君たちも、隣の生徒を見れば、自分とは違う人だよと頭から思っているでしょ？　でも「人」というとき、全てが「同じ」になってしまう。

いったい君たちは同じなんですか？　違うんですか？　例えば今、ここで動物たちが君たち一人一人を見たとしたら、彼らは「全て違う生き物」と感じると思うんですよ。座っている場所も違うし、匂いも違うし、形も違う。彼らにとって「違う」と感じる方が自然なんですよ。だから、犬や猫をこの体育館に連れてくることは、普通はできない。嫌がりますよ。なぜなら、同じ部屋にこれだけいろいろな生き物がたくさんいたら、怖い。君たちが平気でいられるのは、これだけ違う生き物がいるのに、それを「全て同じ人だろう」「みんな同じ生徒だろう」「同じ先生だろう」というふうに見ることができるからですよ。動物にはそれができない。なぜなら、動物は言葉が使えないからです。その代わり、感覚が鋭い。だから一人一人を、よく区別ができるはずです。感覚が鋭いから、毒が入った物を食べません。たまに人間にだまされることはありますけどね。人間は非常にずるいですから、動物を駆除するために、毒の入った物を食べさせる。

台湾から実験用に輸入したジャコウネズミの肝臓に、アルコールがどう影響するかを調べるため、水の中に0・2パーセントのアルコールを入れるんです。人間が飲むお酒よりも、はるかに少ない。それを飲ませようとしたら、何と、もう飲まないんですよ。嫌なんです。彼らは分かっている。そういうふうに、感覚がすごく鋭い。感覚が鋭いということは、どういうことか。同じにならないということなんですよ。

まだ、ピンとこないかもしれませんね。まず君たちに考えてほしいのは、この「何が同じなのか」「何が違うのか」という点です。世の中はそれでいつも変わっていくのです。私はもう年寄りだから、すぐこういう話をしたくなるのですが、私が小学1年のころのことです。当時は、戦争中でした。東日本大震災の起きた3月11日という日を聞くと、私の頭に浮かぶのは、その1日前の3月10日です。

敗戦の記憶

その日に何があったかというと、昭和20年3月10日の東京大空襲です。東京の町が焼けました。アメリカはよく日本の町を研究していて、それをつぶすにはどうしたらいいのかを考えた。使ったのが焼夷弾です。中に油が入っていて非常によく燃える特殊な爆弾です。そういう爆弾を使って、東京の下町があるとすると、その外側に、どさっと焼夷弾を落とします。日本の家屋は木造ですから、外側がまず燃えます。そうすると、人は内側へ逃げます。そして逃げ場がなくなったところへ、内側に落としていくのです。だから下町は全滅です。私の住んでいる鎌倉は幸か不幸か、京都、奈良と並んでアメリカが爆撃しないと決めた都市の一つだった。アメリカ側は戦争に勝つと分かっていましたから「わざわざそこまで壊すことはない」と考えたんですね。文化遺産を残そうとした。東日本大震災で、津波の被害に遭った地域のがれきの山が、よくテレビに映っていました。私の記憶の中では、あの光景は敗戦時の東京であり、横浜であり、大阪であり、名古屋であり、広島であり、長崎なんですよ。日本全体があのようになった。

現在は、東京はビルだらけで当時の面影はありません。戦後すぐは、何にもない風景です。がれきだらけの焼け跡ですよ。ちょっと想像がつかないと思うのですが、私が生きてきた日本という国は、そこから始まっているんですよ。ずいぶん姿が変わっているでしょう？　だけど「東京」という言葉は、変わっていません。これも先ほど述べた「同じ」です。だから先ほど「いったい同じなのか、違うのか」と聞いたんです。不思議でしょう？

作家の堀田善衛さんは「方丈記私記」（ちくま文庫）という本を書いています。彼はこの時、目黒から本所深川とか東京の下町の辺りの炎を見ているんですね。実は親しくしていた女性が下町にいたんですが、堀田さんは、彼女が亡くなったことを確信します。私は東京大空襲について考える度に「方丈記」に書いてある「都の大火」の記述が思い浮かぶのです。

「方丈記」は、学校の国語の時間に無理やり習わされる昔の変な本だと思っているかもしれませんが、ある程度、年を取ったら、もう一度、読んでみてください。見事に書いてあります。大火の後、京の都がどうなっていたか。まず「死体で臭い」と書いてある。その時期、ちょうどいろんな天災と飢饉があったわけです。今回の地震と同じようなことが起きていた。京の都は死者でいっぱいになって、埋めたり、火葬したりする余裕がなく、そのまま放っておかれるので、骨になってしまった人もいる。それで、仁和寺の隆暁法印という偉いお坊さんがいて、死者が成仏できるように、おでこに「阿」の文字を書いていった。その字の数が、4万2千300と書いてあります。「方丈記」は短い本ですが、その中に非常にきちんと書いてある。

ひょっとすると、君たちは、昔の書物なんて実際のこととはあまり関係のない架空の話と思っているかもしれない。でも、読むことに慣れてくると、それが作文なのか、本当のことが書かれてあるのか、分かるようになるんです。作り話か、心の奥から出てきた言葉なのか、だんだん区別できるようになるはずです。例えば「方丈記」を読んでみると、ものを伝えるということはどういうことか、分かる人は分かるのではないかと思います。

自分とは何か

少し話が横道にそれましたが、物事や状況というのは「変わる」ということです。でも君たちのほとんどは、知らず知らずに「自分は自分で、ずっと変わらないだろう」と思っている。それは当たり前なんですよ。人は、そういうふうに思うのです。

私は今、ここに立って喋っていますけど、君たちと同じ年齢の時、人前で同じように話せたかというと、できませんでした。当時は人の前で喋るのが、大嫌い。人前だと言葉が出ないんですよ。喋らないで済むなら喋らないでいたかった。では「なぜお前は今、ここに立って喋ってるんだよ」と思われるでしょう。答えは簡単です。人は変わるからですよ。では、こうやって壇上で喋れなかった自分がいなくなったのか。いるんですよ、自分の中に。私は、本当はここに立ってるのが嫌なんですよ。その自分から見れば、ほとんどやけくそなのですが、別の自分もまた、いるのです。君たちも年を取ってきたら分かりますが、そうやって自分の中にたくさんの自分ができてくると「いったい自分って、何だろう」と、やはり考えるようになるのです。

私も君たちの年齢の時は、当然ですが、「自分は、同じ自分だ」と思っていました。そんなもの、変わるわけがないだろう、と。医学部を卒業して解剖学をやりましたから、見るのは死んだ人です。それで、死んだ人を見て、果たして生きていた人と同じ人間なのかと考えました。そんなはずはないですよね。では、別の人かな。よく分からないですね。実際、その時は分からなかったですよ。

君たちが学校を卒業して就職すれば分かりますが、学生と社会人とでは世間の人からの扱い方が、全く変わってきます。敏感な人なら、学生の時はだまされていたのではないかと思うほど、扱いが変わる。大人として扱われるのです。君たちは、それまでは最終的なことは自分で決めなくてよかったかもしれませんが、社会に出たら、つまり大人になったら、結局は自分で決めなければいけません。「誰かに言われたからこうした」と言っても、通用しません。

例えば、医者の世界でしたら、上の先生に「注射しなさい」と言われて注射して、注射液を間違えて患者が死んでしまったら、注射した自分の責任です。「先生に言われました」と、いくら言っても駄目です。学校の中で化学の実験をして事故が起こったら、責任を取らされるのは、君たちではなく、先生です。何が言いたいかというと、君たちがそういう立場になった瞬間、自分が変わったことが確実に分かるはずなんです。変わらざるを得ないのです。これは、良いも悪いもない。そういうものなのです。

分かりやすいことを例示しましたが、変わるということは、もちろんそれだけではない。冒頭に述べたように、われわれは毎日毎日、変わっている。でも、頭で考えると気が付かない。なぜかというと、これも先ほど言ったように、意識の働きは「同じ」に向かっていきますからね。不思議だと思いませんか？

朝、目が覚めた時に何が起こるのか。同じ自分が起きたと思うかもしれない。でも一晩、寝ました。その間、自分の身に何が起きたか分かりはしないのに。今まで何度も目覚めたけれど、意識はいつも同じ自分が戻ってきたと思っているでしょう？

そのおかしさを指摘した小説が、実はきちんとある。カフカの「変身」（新潮文庫）です。主人公のグレーゴル・ザムザが朝、目が覚めたら、自分が大きな虫に変わっていた。部屋を出たら家族が仰天して、食器台の上の果物皿にあったリンゴをぶつけられる。私は非常に面白いと思った。この小説は、普段は気付かない自分の変化を風刺しているようにも思える。諸君がもし朝目覚め、自分の体がたとえ虫になっていても、頭は相変わらず、自分と思っている。そういうことです。この小説には、見事にそこが書かれてある。

私たちの話に戻りますが、朝に目覚めたら昨日と全く同じ自分はいない。では「自分って、誰なんだ」ということです。どうして自分は「同じ自分」がいないと困るのか。

ある時期から、若い人が「自分探し」と言いだしたんですね。

4、5年前に会津で教育委員をしている古い酒屋のご主人から話を聞く機会がありました。小中学校の教員になった20人ほどを面接したというのです。彼は、その先生方に一つだけ、質問をした。「どうして先生になったんですか」と。そうしたら、彼らのうちの3人が「自分探し」と言ったそうなんです。酒屋のご主人は「自分探しで教師になられてたまるか」と怒っていました。

このことは私も以前から気になっていました。北里大学で教えていたころに、やはり学生が「自分探し」と、よく言っていたからです。その度に私は、意地悪く「じゃあ、自分を探している君は、いったい誰なんだよ」と彼らに聞きました。今、そこにいるのが自分のはずです。そうに決まっている。でも、自分探しをするということは、どこかに本当の自分があると思っているわけです。でも、そんなものはありません。

脳の中の世界地図

今日、私はここに来る時に助役の車に乗せてもらいました。カーナビに電話番号を入れたら、2キロも離れた全く違う場所に行ってしまいました。カーナビに絶対なければいけないものは、何だと思います？　現在地の目印です。地図だけ画面に出てきても、どうしようもない。自分が乗っている車が今、どこにいるのか、目印がなければ目的地に行けるはずがありません。

子どものころによく田舎で虫とりをしたと言いました。バスに乗って、どこかの村に行くとします。すると、大抵、バスの終点に村の詳しい地図が掲示されています。その中に、たまに腹の立つ地図があるんです。実に詳しく描かれてある地図なのですが、この地図がある地点、つまり現在地の表示がない。どんな村かは、よく分かるのですが、自分がどこにいるかが、分からない。

考えてもみてください。犬でも猫でも動物はみんなそうですが、絶えず動き回る。私も今、壇上で動いていています。無意識に、舞台から落ちないように調節している。なぜ調整できるかというと、頭の中に現在地が入っているからです。言い方を変えると、君たちの頭の中には世界地図が入っているのです。

その地図が、脳のどの部分にあるかもほぼ分かっています。それがなければ、学校へも行けないし、家へ帰ることもできない。だから、君たちは君たちなりの、カーナビの画面に出ているような地図ではないけれども、地図を脳みその中に必ず持っている。われわれの脳みその中にある地図にも、カーナビにあるような現在地の目印が入っている。実はその目印を、われわれは「自分」といっているんですよ。どうしてそんなことが分かるのか。

ご存知のように、脳みそは時々、壊れるんですね。最も壊れやすいのは、血管

が破れたときです。脳の特別な場所、つまりその地図機能が備わった部分が壊れた人が書いた本があります。米国の神経解剖学者ジル・ボルト・テイラーが書いた「奇跡の脳　脳科学者の脳が壊れたとき」（新潮文庫）という本です。

その人は脳の専門家だから、自分に何が起こったか、すぐに分かりました。脳出血の発作が起きたそのさなかに一生懸命、自分の症状を記憶したのです。そして症状がある程度、回復してから書いたのがその本です。そこに、こういうことが書いてあります。現在地を示す機能が壊れると、自分が水になっていくような感じがする。水は形がなく、下へ流れていきます。君たちが今、この場で水になったと思ってください。流れて広がって、やがて世界と自分が同じになります。

あるいは、こういうこともいえます。例えば、宇宙の果てはどうなっているんだろうという議論をする。考えているときは、宇宙の果てが自分の頭の中にある。だから、宇宙の果ては、自分自身だともいえるわけです。頭の中も、自分です。この現在地を示す目印が消えて、自分と世界を分ける境界が消えてしまえば、全体が自分自身になる。

ともかく、君たちがいう「自分」は、脳みその中のナビゲーション機能にある

「現在位置」そのものです。その機能があるから、こうやって歩けるわけです。どこに自分がいるか、きちんと分からなければ歩けません。

そしてこの「自分」には、面白いことに、別な性質がくっついています。その目印の中にある「自分」に、みんなはそれぞれ、無意識に評価を加えている。それは、徹底的にプラス評価なのです。どうしてそれが分かるのか。なぜなら、悪口を言われると、みんな怒ります。それは自分で無自覚にプラス評価をしているからです。だから「お前は間違っている」と言われると腹が立つ。悪口の方が正しかったとしても、怒ります。これを「依怙贔屓」とか「身贔屓」などといいますが、自分は必ず自分をプラスに評価しています。

意識は依怙贔屓する

今の話に納得がいかない人のために、一つ例を挙げますね。小さい子どもはたまに変なことを尋ねますが、ある時、こんな質問をされたことがあります。

「先生、口の中にある唾は汚くないのに、どうしていったん外に出すと汚いの？」

私は医学部ですから、実験用の機器をしょっちゅう触っています。例えば、シャーレを洗って滅菌して、一切、汚れをなくして、検査のために「ここにちょっと唾を吐いて」といったとします。そして検査が終わった後に、持ち主に返すとしましょう。「もう一回、飲んでくれ」と言われたら、皆さん、いかがですか？　嫌でしょう？　なぜですか？　体内にあるうちは何ともないのに、いったん外へ出たらもう汚く感じる。つまり、体内にあるうちは自分です。先ほども言ったように、贔屓をしていますからね。

私が高校生くらいまでの時は、日本のトイレはほとんど水洗ではなかった、汲み取り式です。昔は畑にまいて肥料にしていました。乱暴にいうと、日本中が臭かったんですよ。でも、今、おそらく君たちは、自分が出した物なのに、汚いと思っているでしょう。そう思っている人は、現在、自分のおなかの中にそれが入っていることを、もう一度考えてみてください。どうして何とも思わないのですか。いったん出したら、見るのも、匂いを嗅ぐのも嫌なはずの物なのに。そのくらい、自分の中にあると依怙贔屓して、外へ出た瞬間に「汚い」と思うんですよ。そう思うのは意識、脳みそです。君たちが日ごろ、考えている「自分」の根本は、そういうことです。

先ほど、昭和20年3月10日について話しました。そのころに、君たちくらいの年齢で、あまり言いたくはないけれど、死んでいった若者がたくさんいました。空襲で死んだ人だけではなく、自ら死んでいった人もいます。「お国のため」と言いながら、まあみんなに言わされた人もいたでしょうけど、自ら死んでいきました。いわゆる特攻隊です。大学生くらいだった人は遺書が残っています。「将来の日本のため」「日本でこれから育ってゆく人たちのため」「家族のため」と書いてあります。

戦後は、そういう社会がひっくり返って、「みんなのため」ではなく、「自分を大切に」「個性を伸ばして」と教わってきた気がします。戦前の社会が正しくないとはいえ、戦後社会が全て正しいかといえば、そうではありません。私は既に、戦後の個人尊重の価値観が行き過ぎていると感じています。これからもう一度、考えてほしいのは「人生とは、誰のためのものか」ということです。私たちが知らず知らずに教わってきた昭和20年以降の教育は、戦前とうって変わって

「人生は自分のため」だった。

私は医者になってから、ヴィクトール・E・フランクルという人の本を読みました。ウィーンのユダヤ人医師で、私が尊敬する人の一人です。家族全員が、ナチの強制収容所へ入れられました。両親は収容所で亡くなりました。奥さんも収容所で亡くなりました。彼だけが不思議なことに生き延びて、１９９０年代までご存命でした。去年９月にウィーンでフランクルのお墓参りをしました。その人の言葉を参考までにご紹介します。理不尽な死に直面した彼ははっきりこういう趣旨のことをいっています。

「人生の意味は、自分の中にない」

そこまでいう人は滅多にいません。先ほど脳の中にある現在地を示すナビゲーション機能が壊れると、やがて世界と一体化するという話をしました。そのことを踏まえてフランクルの言葉を考えると、確たる自分とは果たして存在するのか、と思えてくるんです。

諸行無常

君たちくらいの年齢で「お国のため」と言い、帰れないことを知りながら戦闘機で突っ込んでいった人たちがいる。ちょっと、想像がつかないと思いますが、そうやって「自分」を捨てて亡くなった人たちもいる。

でも、変わるということは、何も個人間のことではなく、世の中、つまり社会の方も、ガラガラ変わるんですよ。それ以前は、かなり大切だとされていたことが、あっけなく変わってしまいます。それは年寄りの私から言っておきますけれども、昭和20年8月15日、戦争が終わる前と後では、世の中が180度、正反対の社会に変わってしまいました。

当時は小学2年生でした。先生が国語の教科書を配って「はい、○ページの○何行目から○行目まで、墨を塗りなさい」と言う。前日まで学校で教えていたことです。社会は、そのくらいに変わるのです。君たちが育った時代が、そういう意味で変化が少なかったということは、私もよく知っています。だから、君たちはきっと「自分も、世の中も変わってないよ」と思いがちなのではないか。でも、そんなものは、当てになりません。では、何が当てになるのか。

　私は小学校の時に、そういう体験をしましたから、逆にいえば、私はこれまで「何が当てになるんだ」ということを問い続け、追い続けてきたんです。そしてそれは、全て自分で判断しなければならなかった。人の意見なんて、簡単に変わってしまうのですから。ただ、先ほど言ったように、自分にしても変わりますからね。それでは、本当に変わらないものがあるのだろうか。

　昔は、それを「真理」という言葉で呼ぶ人がいました。では、果たしてそんなものはこの世にあるのか。どうでしょう？　分かりませんよ、あるかないか。毎日毎日、われわれ自身が変わっていく。そのことを考えたら、変わらないものなどあるはずがない。でも、人は何かを当てにして生きていかなければならない点もまた、ややこしいところです。君たちはおそらく、世の中が変わらないから安心して生きてきたと思っています。昨年の地震と原発事故で、その安心感が崩壊した人がいるのではないか。そういう人たちに言いたいのですが、それが当たり前なんです。むしろ、ずうっと変わっていないと思っている人の方が、変なんですよ。

実は「平家物語」にも、「方丈記」と同じようなことが書かれてあります。

祇園精舎の鐘の声、諸行無常の響あり

諸行無常とは、万物は常に流転し、変化や消滅が絶えないこと。全てのことは移り変わるという意味ですね。

ここで少し疑問が湧いてきます。鐘の音はそんなに変化しますかね。物理を習っているなら、少し考えてみてください。鐘は剛体、金属でできています。叩いたら固有振動数といって、少なくとも人の耳には、いつも同じ音がするはずです。小学校の時、実験で音叉を叩いたことがあるでしょう。同じ音叉を二つ並べて、片側を叩いたら、その振動で叩いてない音叉まで鳴り出す。これを物理学では、剛体が持つ固有振動数といいます。

同じ形のコップに水を入れ、打楽器のように使って楽器のように音楽をやっている人を見たことありませんか。水を入れたら、振動数が違ってきますから、耳の良い人なら、同じ形のコップに順に水を入れていくと、ドレミファができる。

あれは振動数を変えることで、別の音を作っているわけです。それと反対に、同じ鐘を叩いたときの振動数は常に一定です。同じ鐘を叩いたら、いつも同じ音がするはずなのに、どうしてそれが、諸行無常なのですか？　今度の国語の時間に、先生に聞いてみてください。意地悪な質問ですね。

実は、鐘の音が同じということは、昔の人も知っているのです。では何が違うのか。変化するとは、どういうことなのか。

それは、聞いている人の気持ちなんですね。そこが変わっていくのです。逆をいえば、同じ音だからこそ、「なぜ今日は違った音に聞こえるんだろう」と、自分の変化に気付く。

変わるのは自分

君たちは学校で勉強しています。学んで、物事を知ります。「知る」とは、どういうことか。何かを知ったことで、自分が変わったということなんです。変わったことを、また知るのです。

極端な例をいいますね。君たちがたまたま病院で医者から「あなたは不治の病です。半年の寿命です」と宣告されたとします。そのときに、世界がどう見えると思いますか？　それはがらりと変わるはずです。見ている世界が変わったのかというと、何も変わっていません。では何が変わったのですか？　自分が病気になり、「ひょっとするともう寿命がないかもしれない」と知ったときに、世界が変わって見える。そんなときでも、なぜか「自分が変わった」とは思わない。でもそれは、実は世界が変わったのではありません。自分が変わったのです。あなたの見る目が変わった。「学ぶ」ということは、そういうことです。

みんなの中に「勉強したって退屈だ」と思う生徒がずいぶんいるのではないかと思います。退屈だと思うのは、学んで自分が変わったという経験がないからです。それは、本当は学んだことになりません。コンピューターのデータが増えて更新されただけです。まあ、データが増えて悪いこともないですけれどね。

うんと昔の言葉ですが、「論語」に有名な一節があります。

朝に道を聞かば　夕べに死すとも可なり

朝に真理を知ることができれば、夜に死んでも構わない、という意味です。道を聞くというのは、学問をするという意味です。つまり「朝、勉強したら、夜に死んでもいい」という。これ、めちゃくちゃだと思いませんか？　私も君たちのような年齢の時はそう思いました。

大学に入ったころ、先輩に聞きました。その先輩は学がありますから、丁寧に教えてくれました。

「お前なあ、昔の人は百姓仕事であれ、何であれ、一日中働かなきゃならなくて、大変だったんだよ。学問なんてものは大変な贅沢で、午前中にそういう経験ができたのなら、こんなに幸せなことはない。だから、その日の夕方に死んでも、もう悔いはない。そういう意味だよ」

若かった私は「嘘つけ」と思いました。君たちもそうでしょ？　勉強をそんなにありがたいことだと思っていますか。朝、この安達高校に来て授業を受けたら「夜に死んでもいいや」なんて思います？　「まだやりたいことはいっぱいあるのに、冗談じゃねぇ」。そう思うはずです。私は年を重ねても相変わらず、分かりませんでした。ところが、60歳くらいになって、はたと気付くんです。待てよ、と。医学部にいましたから、患者さんに例えばがんを宣告しなければならないことがあります。相手の気持ちはどうだろうと考えたときに、初めて気付くわけです。この患者さんは、もう二度と桜を見られないかもしれない。そう考えると、窓の外の桜が、どうしてか違って見えるんです。同じはずの世界が、変わってしまうわけです。そうなった後、去年の自分がどのような思いでこの桜を見ていたんだろうと思い出そうとしても、何と思い出せないんですよ。でもよく考えれば、その時と別の時とでは、同じ感じ方はできない。そうやって、自分が変わってしまった後には、変わる以前の自分はもういないのだ。そのことに気が付く。

変わる以前の自分がいないということは、もうその自分は死んでしまったといってもいい。つまり、ものを知ってしまうと、知る以前の自分がいなくなって、新しい自分に生まれ変わるということ。そうしたら、朝、本当に勉強して自分ががらりと変わり、夜には過去の自分はもういない。何度も死んでいる。論語の「夕べに死す」は、ひょっとすると、このことをいっているのかもしれない。

自分探しは無駄

「何、理屈をいってるんだ」と思うかもしれない。でも、そういう人はおそらく、一度も本気で変わった経験がない。先ほど終戦の話をしました。私はまだ子どもでしたが、世の中が一気にひっくり返り、１８０度変わるのを見ています。善しあしとはあえて別次元でいいますが、「変わる」ということは、そういうものなのです。変わった後は、変わる以前には決して戻れません。

変わる以前を懐かしがって「昔は良かった」と、いつまでも言う人がいます。「変わっちゃったんだから、仕方がない。前のことなんて、どうでもいいよ」と言う人もいます。両方とも極端ですよね。ではどう考えれば良いのか。

混ぜ返すようなことをいいますが、未来永劫、変わらない物事も、きっとあるんでしょうね。でも、それは人間には分からない次元のことでしょう。なぜなら、われわれの寿命は限られているから、確かめようがないです。人はいずれ、死んでしまう。だから「本当に変わらないものって何だろう」なんて考えても仕方がない。そんなもの、分からなくてもいいです。それがいかに、当てにならないか。

たとえそれを追いかけたとしても、自分自身が絶えず変わる運命だからです。

そこが「平家物語」にある「諸行無常」なんでしょうね。こんなに変化に乏しい世の中で育っていると「変わらない自分」を、つい探したくなると思うのです。だから他人を見て「この人は変わらない」「しっかりしている」と感じると、羨ましいと思うのでしょう。だから若い人は悩んで、自分探しをするのでしょうね。「変わらない自分、本当の自分がどこかにいるはずだ」と。

そんなもの、探しても無駄です。いま現在、ここにいる君たちが本当の自分であって、それ以上でもそれ以下でもない。そしてその自分は、いずれ変わっていきます。それは悪いことはなく、何度も変わっていくことで、面白いことに、人は育っていきます。大人になっていくのです。だから「勉強が退屈だ」なんて言わないでくださいね。退屈なのは、君たちが本気でやっていないからです。

数学が分かりやすい。ある部分を理解した瞬間に、分かる以前の自分と分かった後の自分はまるで違う。分かった後の自分は、応用問題が全部、自力で解けるようになっている。解き方を先生に解説されたら、本当は駄目。そのことは、誰の力も借りずに自力でやった人はみんな知っているはずです。

私は、同じ幾何の問題を1週間、考えたことがありますよ。自慢ではないです。解けない問題が、気になって仕方がないんです。「こんちくしょう」と思って、ずっとやっている。そうすると、やがて自分で解ける。そうすると、70歳になっても、解き方を忘れません。この解き方を、友達に聞いたり、先生に聞いたりすれば、あっという間に忘れますよ。

脳みそは、よくできています。自分が苦労して覚えたことは忘れませんが、楽をして覚えたことは、全てきれいに忘れます。

私が最後に、なぜそれを言いたかったか、分かるでしょう？　自分で解く体験をすると、自分が変わるんですよ。でも、解いた経験は変わらず、ずっと残るのです。（2012年3月5日）

×　×

浪江高校はその後、生徒募集を打ち切り、2017年度から休校を余儀なくされました。

思い込みにとらわれず観察することの大切さ

養老孟司さんと初めてお会いしたのは２００６年の初夏のことです。夏休みの子ども向け読み物を書くため、福井県・常神半島に昆虫採集に同行取材させていただきました。

秘書の平井玲子さんを通じて届いた条件は、虫を探しているときに撮影のポーズを要求しないこと、それだけでした。昆虫採集を何より人生の価値に置かれていることはそれでよく分かりました。逆にいうと、それ以外は全くこだわりがなく、旅行中、高名な解剖学者は、どんなに初歩的なことを尋ねても嫌な顔一つせず、あるときは新緑の木陰の下で、あるときは民宿の畳の上で、丁寧に答えてくれました。その際の問答は実に面白く、目からうろこが落ちるとはこのこと、思考が根本からぐらつくほどの衝撃と感動を覚えてしまいました。

中でも心に刺さったのは、人間は自然の一部であるのに、それを感覚的に忘れてしまっているという指摘です。だらしなく都会生活に慣れきった自分の常識が、いかに人間中心で怪しさに満ちているか。その常識（のようなもの）にとらわれることが、現代人の身体と精神にどれほど悪影響を及ぼしているか。そのことに気付かされたのです。

養老さんの眼力は、物事を正視するだけでなく、常に注意深く、縦からも横からも、反対側からも見るその姿勢にあります。虫を追うことは虫の行動を知ること、すなわち虫になりきることです。つまり「虫の眼」です。養老さんは、幼少時代から培った虫の眼を、解剖学によってさらに洗練させ、都会人の行動の怪しさ、おかしさを見抜いていたのです。

きっかけが子ども用読み物の取材だったこともあり、養老さんが実践している、思い込みにとらわれずに観察することの大切さを、次世代を担う子どもたちに分かりやすく伝授してもらいたい。そう考えました。決して大げさでなく、それは将来の世直しにつながるだろうと確信したのです。

養老さんの観察法、思考法を「さかさま人間学」と名付け、ご多忙中、無理を言って新聞連載の執筆依頼をしたのは、そのような理由です。２０１１年から始まった連載を一冊にまとめたのが本書です。

この本は、いわば養老理論の入門書です。巻末に養老さんの著作リストを付けたのは、この本を読んだ子どもたちが次のステップに進み、より理解を深めてもらいたいと考えたからです。

入門編とはいえ、養老理論は時として難解な領域に入ります。少しでも分かりやすくするため、私の旧友でデザイナーのさとうまなぶさんに風刺漫画を添えてもらい、養老さんの愛猫まるを相棒として登場させました。毎回、テーマとして漢字1文字を私から投げ、その出題に対して養老さんが寄席の大喜利のような形式で答えてもらうスタイルにしたのも、親しみやすさを考えてのことです。

共同通信社文化部次長　大津 薫

おわりに

広島県の芸北に植田紘栄志さんが「ぞうさん出版」を創った。「世界一田舎にある出版社」という触れ込みである。今度の本はそこから出そう。大津薫君がそういう。もちろん私に否応はない。原稿を書く段階から大津君のお世話になったから、というだけではない。田舎にかけようという植田さんの心意気に賛同した。それを支えたいという大津君の気持ちにも強く動かされた。田舎で出版事業を興すことは私が以前から言ってきた「田舎と都会の共存」につながる。その意味からも、うまく本が売れてくれればいいがなあ、と心から思った。植田さん配下の井筒智彦さんにも編集でいろいろお世話になった。

著者としては原稿が手元から離れてしまえば、もう後は知らない。無責任のようだが、実際にそう言うしかない。もちろん、テレビに出るとか、いろいろな広報活動はする。本を買ってもらうには、まずそういう本があるということを知ってもらう必要がある。だから今度も広報活動がいろいろあるかもしれないな、と思っている。問題は新型コロナウイルスである。講演会がほとんど開かれないので、その席上で広報することもできない。リモートになるしかない。

「何もかも流して澄める春の川」　照井翠句集『龍宮』より。

これは3・11東日本大震災を体験した作者の句である。そこまで重たいものを背負っているわけではないが、80歳をかなり超えて、こんな心境になれたらいいなと思っている。

養老 孟司

養老先生をもっと知りたい人のための著作リスト

『唯脳論』(ちくま学芸文庫)

『解剖学教室へようこそ』(ちくま文庫)

『バカの壁』(新潮新書)

『死の壁』(新潮新書)

『超バカの壁』(新潮新書)

『「自分」の壁』(新潮新書)

『遺言。』(新潮新書)

『バカなおとなにならない脳』(理論社、イースト・プレス)

『いちばん大事なこと』(集英社新書)

『無思想の発見』(ちくま新書)

『虫眼とアニ眼』(宮崎駿さんとの共著、新潮文庫)

『世間とズレちゃうのはしょうがない』
(伊集院光さんとの共著、PHP研究所)

『うちのまる 養老孟司先生と猫の営業部長』
(ソニー・マガジンズ)

『身体の文学史』(新潮選書)

『身体巡礼 ドイツ・オーストリア・チェコ編』(新潮文庫)

『虫眼とアニ眼』

アニメ映画監督の宮崎駿さんとの対談集。
「もののけ姫」「千と千尋の神隠し」など
宮崎作品をテーマに、
自然や人間について語り合った。
「虫眼」と「アニ眼」には、今の世の中は
どう見えているのか。

『バカなおとなに
ならない脳』

「バカって治るんですか?」
「死体って、こわく
ないんですか?」…。
全国の小中高生から
寄せられた質問や
悩み相談に、養老先生が
懇切丁寧に答えた。
人生を楽しく過ごす
ヒントが見つかるかも。

『解剖学
教室へようこそ』

人命に関わることに恐怖を覚えて
解剖学へ進んだという養老先生は、
ほどなく、身体を観察する面白さに
のめり込んだそうだ。
解剖とは何か。死とは何か。
人間とは何か。昆虫採集と並ぶ、
養老先生のもう一つの原点。

『バカの壁』

「話せば分かる」なんて大ウソ?
脳が勝手に情報を都合よく選ぶ怖さ、
感覚より意識を優先する
都会人の危うさを説く。
自分の意識の中にある「壁」とは。
平成で最も売れた新書。

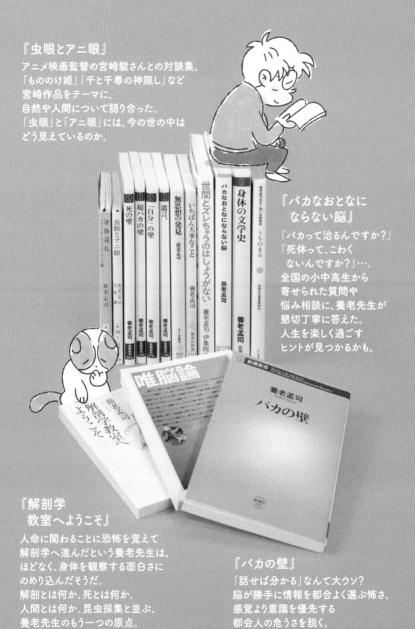

世界で最も田舎にある出版社
『ぞうさん出版』

「田舎だからこそ世界を変えられるのだ」

焚き火で豆を煎り、湧き水でドリップする。
パンチのあるコーヒーを幾度となく胃袋に落とし、
執念深く企画を練る。
火照った頭を山の空気が冷やしてくれる。
頭上に広がる銀河の奥まで想像を飛ばし、
星と星を結んで星座を形づくるように、
言葉と言葉をつないで本を編む。
このようにして大自然の中でつくられる本は、
現代人の鈍った魂を研ぎ澄ましてくれるはずです。

ぞうさん出版は、
世界で最も田舎にある出版社です。

zousan
BOOKS

『冒険起業家 ゾウのウンチが世界を変える。』

著・植田紘栄志

たまたま出会ったスリランカ人に1万円貸したら内戦国家を巻き込む大騒動に…。世間知らずパワーで偶然の幸運をつかみとれ! 映画を観ているかのような展開に、ページをめくる手が止まらない。笑って、泣けて、燃えてくる、感動の活字アドヴェンチャー!

『Think Galaxy 銀河レベルで考えろ』

著・井筒智彦

日常のイライラやクヨクヨは、宇宙と比べりゃすべて誤差。宇宙の知識をビジネスや生活に役立てた斬新な一冊!スマホで月撮影、オーロラ必勝法、3000円の手作り望遠鏡、1日2分星空健康法など、宇宙で人を喜ばせる方法も満載。ユニークなイラストと軽快な語り口でメディアで話題に

『女房とワシと恋女房の 51年209日』

著・山根進

クラウドファンディングで225%の支持を集めて、奇跡の実話が書籍化! 広島のまちづくりに命をかけた豪快で痛快な男と、夢を支えるために2人の妻がつないだ愛のリレー。「51年209日」の意味を知ったとき、あなたは必ず涙する。困難に直面したときに笑いながら突き進む力がもらえる一冊

PROFILE

養老孟司 ようろうたけし
まる ようろうまる

1937（昭和12）年、神奈川県鎌倉市生まれ。解剖学者。東大名誉教授。ぞうさん出版顧問。東大医学部を卒業後、解剖学教室へ。81（同56）年、教授に就任。89（平成元）年、著書『からだの見方』で、サントリー学芸賞。95（同7）年退官。2003（同15）年に刊行した『バカの壁』は、累計440万部を超える大ベストセラーとなった。幼少時から熱中する昆虫採集と解剖学から独自の理論を構築し、自然環境や社会問題など幅広く論じる。漫画好きとしても知られ、京都国際マンガミュージアムの館長も務めた。講演や執筆活動のかたわら、昆虫採集と標本作りにいそしんでいる。

養老まる 2002（平成14）年ごろに生まれた。スコティッシュフォールド。オス。養老先生の娘さんに連れられて、やってきた。以来、養老家の名物猫として来客を迎える。

PROFILE

さとうまなぶ

埼玉県春日部市在住。イラストレーター。グラフィックデザイナー。デザイン専門学校卒業後、広告制作会社に勤務。2019（平成31）年、フリーランスのイラストレーターとして活動開始。グラフィックデザインのほか、多数の広告や新聞コラムのイラストを手掛ける。『さかさま人間学』の連載開始時からイラストを担当し、養老先生と愛猫のまるを10年以上も描き続けているが、私生活では犬派。そして、虫嫌い。14（同26）年、『第30回 ニッサン童話と絵本のグランプリ』優秀賞。17（同29）年『Japan Six Sheet Award 2017』（一般公募部門）銅賞。

養老先生のさかさま人間学

発行日	2021年6月4日　第1刷 2023年1月20日　第5刷
著者	養老 孟司
イラスト・装幀	さとう まなぶ
発行者	植田 紘栄志
発行所	株式会社ミチコーポレーション ぞうさん出版事業部 〒731-2431 広島県山県郡北広島町荒神原 201 電話 0826-35-1324　FAX 0826-35-1325 https://zousanbooks.com
企画協力	大津 薫（共同通信社）
編集・DTP	井筒 智彦
写真提供	有限会社養老研究所 平井玲子 "まるすたぐらむ" https://www.instagram.com/marustagram_yoro/
協力	大津 太一、大津 徹郎、大橋 友和、石井 綾 新谷 隆一、金澤 貴史、金澤 大恵、藤森 聡 白石 周平、井筒 苑子、淨謙 恵照、白川 勝信 岡田 光平、岡田 悠希、三浦 明子、宮前 純子 上口 雅彦、井筒 順子、田中 保 スーパーサイエンスミュージアムプロジェクト委員会 手塚プロダクション
印刷・製本	株式会社シナノパブリッシングプレス

　ISBN978-4-9903150-5-4 C0095